AF186806

Tonto,

Rotwein und Mäuse auf Toast!

Ein Kater plaudert aus dem Nähkästchen

Ein Buch

von

Renate Kimmel

Illustrationen

von

Bina Placzek-Theisen

Impressum

Texte:	Copyright by Renate Kimmel
Illustrationen	© Copyright by Bina Placzek-Theisen
Umschlag:	© Copyright by Renate Kimmel
	© Copyright by Bina Placzek-Theisen
Autorin:	Renate Kimmel

Gasstraße 51
41236 Mönchengladbach
renatekimmel@gmx.de

Printed in Germany

Herstellung und Verlag:

BoD - Books on Demand, Norderstedt

Für all meine Lieben,
die mich unterstützten und ermutigten
und immer wieder Korrektur
gelesen haben.
Danke Beate und Evelyn!

Ein großes Danke an
Bina Placzek-Theisen,
ohne deren Zeichnungen das Buch nicht
ist, was es ist.

Und ein ganz besonderes Danke an
Tonto,
Lupita, Lola und Picasso
ohne deren Eskapaden
ich nicht auf die Idee gekommen wäre,
es zu schreiben.

FSC
www.fsc.org

MIX

Papier aus ver-
antwortungsvollen
Quellen
Paper from
responsible sources

FSC® C105338

Verdammt, ich bin ein Dekokater!
Kapitel 1

Also, das Leben ist wirklich kein Wunschkonzert, kein Spaziergang im Park und auch kein Picknick. Andererseits, eine saftige Maus auf frischem Gras, kommt meiner Vorstellung eines Picknicks schon recht nah.

Erlauben Sie mir, mich kurz vorzustellen. Ich bin Tonto, ein attraktiver Kater in den besten Jahren. Schwarz und weiß mit rosa Nase. So sinnlich, so geschmeidig, so männlich.

Na ja, nicht ganz männlich. Ich habe kürzlich erfahren, die Menschen nennen das Kastration, aber was soll es, meine Katzen lieben mich wie verrückt. Ich habe schließlich diese wahnsinnig wilde, leidenschaftliche Ausstrahlung!

Ich lebe in einem großen Haus auf dem Land, zusammen mit meinen Kollegen Lupita, Lola und Picasso. Lupita ist die Grande Dame der Familie, exzentrisch, fordernd, doch auch sehr weise. Und dann gibt es hier noch Lola und Picasso, sie sind Geschwister und stammen aus Malta. Die Beiden mussten, als sie hier ankamen, erst einmal einen Kursus Katzendeutsch für Anfänger besuchen, die konnte ja kein Schwein verstehen.

Aber von denen werde ich Ihnen später einmal erzählen.

Mein Leben könnte, im Grunde genommen, mehr als einfach und unkompliziert sein. Wäre

4

da nicht meine Versorgungseinheit, Köchin, Futterquelle, Dosenöffnerin, oder wie man sie nennen mag.

Ich nenne sie mal ganz einfach die Frau.

Die Frau ist über 40, sieht auf den ersten Blick ansprechend und sehr lieb aus mit ihren dunklen, fast schwarzen Haaren und den so freundlich und einfühlsam wirkenden braunen Augen. Ich kann da nur sagen, das täuscht. Die macht was sie will, bestimmt immer, wirklich immer, wo es langgeht, lässt sich niemals auf Kompromisse ein.

Hammerhart, aber sobald sie dekorative Vasen, traumhafte Sofakissen oder auch nur ein schönes Bild sieht, hat sie Tränen in ihren Augen.

Wie soll ich es ausdrücken, es gibt viele andere Dinge auf der Welt, die einem Kater Tränen in die Augen treiben können.

Zu wenig Katzenfutter. Oder die Tatsache, dass ich schon mal wieder nicht bei ihr im Bett auf den schönen weichen großen Kissen schlafen darf, weil ich ihr den Platz wegnehme. Angeblich!

Die Frau ist mehr als speziell, wenn Sie mich fragen, zickig bis zum Abwinken. Niemals darf ich das tun, was ich wirklich gerne möchte. Dennoch, ich glaube, sie hängt doch ein bisschen an uns, so ganz schlecht geht es uns nicht.

Regelmäßige Streicheleinheiten, freien Ausgang und etwas Futter bekommen wir schon. Und dann diese wunderbaren, inspirierenden, verlockenden Kochabende!

Die Frau ist mit uns auf das Land gezogen, weil wir es besser haben sollten als zuvor in der Stadt. Freien Auslauf und wildes Herumstreunen hat sie uns versprochen. Uns abenteuerlich lange Nächte um die Ohren schlagen könnten.

Neue, nette Kollegen treffen würden, reichlich saftige Mäuse, und noch einiges mehr, davon hat sie gesprochen.

Gut, im Prinzip stimmt das fast, und ich liebe sie dennoch, aber sie hat uns krass angelogen. Sie hat aus diesem schönen Haus mit all seinen weichen und komfortablen Kissen, den gemütlichen Sofas und Sesseln, die man wunderbar als Kratzbäume benutzen könnte, unglaublicher Weise tatsächlich ein Geschäft gemacht.

Einen Show Room, wie sie es nennt.

Die Frau nennt sich Interior Designer, oder auf gut deutsch: Inneneinrichterin. In unserem Haus dreht sich alles, wirklich alles, um das Einrichten. Und ich, das ist nicht zu fassen, wie soll ich es nur ausdrücken, ich bin ein Dekokater.

Wenn Ihre Kunden kommen, wird von mir und den anderen verlangt, dass wir mehr als attraktiv und fotogen in der Gegend herum liegen.
Jedoch niemals auf den Sofas oder Sesseln, besser malerisch davor und, falls irgend möglich, noch farblich passend zu all ihren Möbeln. Am liebsten ohne uns zu bewegen, oder gar zu atmen. Warum stopft sie uns nicht gleich aus?

Das hält keine Katze aus.

Leute, ich schwöre auf mein Katzenfutter, echt heilige Eide, letztens waren Kunden da und ich musste fast zwei Stunden lang malerisch auf der Fensterbank sitzen. Hallo? Warum? Weil die Frau spinnt. Und weil ich nun einmal perfekt zu ihren sogenannten trendigen idiotischen, überflüssigen schwarzen und weißen Dekorationen passe.

Das ist so krank. Die ist krank! Nicht Mal runter schmeißen durfte ich diesen blöden Krempel, der mir meinen angenehmen warmen Ruheplatz weg nimmt, das Zeug will sie verkaufen.

Sie nennt den Schnick Schnack „erlesene, edle hochwertige französische Wohnaccessoires".

Ich nenne diesen Mist Staubfänger. Anyway, die Kunden werden, sobald sie unser Haus betreten, komplett euphorisch, um nicht zu sagen, geradezu hysterisch, und kriegen sich vor Begeisterung nicht mehr ein. Manche von ihnen stehen kurz vor der Schnappatmung. Weil der blöde Krempel so innovativ, so dekorativ und außergewöhnlich ansprechend ist.

Gut, ich weiß, auf mich trifft das zu, aber auf, wie heißt das idiotische Zeug doch gleich? Jardinieren oder Kerzenleuchter?

Selbst auf die Vorhänge darf ich mich nicht mehr stürzen. Dabei kann man an denen so wunderbar schaukeln, besser als an jedem Baum im Garten. Aber wenn ich das mal wieder mache, bekommt die Frau einen eigenartigen Gesichtsausdruck und fängt an, Kochbücher zu studieren.

Ich bekomme dann sofort dieses dumpfe Gefühl, dass sie sich auf die Suche nach solch exotischen Rezepten wie Kater im Reisrand, Katzenpfoten in Rotwein oder den bekannten und sehr beliebten Katzenohren in Aspik macht.

Um sie milder zu stimmen, habe ich ihr schnell eine kleine saftige Maus mitgebracht und auf die Küchenfußmatte gelegt. Maus in Aspik klingt gut, finde ich.

Ich könnte langsam auch wieder einen Happen vertragen, aber könnte mir jemand sagen, warum sie jetzt auf einmal so komisch schreit?

Ich glaube, ich muss aufhören und die Maus entfernen.

Dann bis später, Euer Tonto!

Mäuse in der Küche!
Kapitel 2

Also, Sie erinnern sich noch an die Sache mit der Maus in der Küche? Warum die Frau da komisch wurde, ich habe wirklich nicht die allergeringste Ahnung. Maus in Aspik wäre mit Sicherheit sehr lecker geworden.

Aber die Frau steht ja nicht auf deutsche Küche. Ich glaube, Maus ist ihr wohl zu bodenständig. So etwas wie Sauerkraut mit Bratwurst oder Rotkohl hat sie bisher noch niemals gemacht. Oder einen saftigen schön krossen Schweinebraten, mit einer knusprigen Kruste. Da könnte man heftig seine Krallen rein hauen und richtig genussvoll, Stück für Stück, die Fleischbrocken raus reißen.

Eine Freundin der Frau sagt, dass sie das sehr gerne isst. Gut, nicht all zu fett und auf die Kruste könne sie notfalls verzichten. Mal ganz ehrlich, bevor die knusprige Kruste umkommen sollte, die nehme ich notfalls allein, ohne Braten. Man kann ja teilen. Zwar ungern, aber wenn es sein muss! Davon mal abgesehen, diese überflüssigen blöden Gemüsebeilagen kann sie liebend gerne für sich haben, ich brauche keinen Wirsing in Sahnesoße.

Französisch sollte es immer bei der Frau sein, sehr raffiniert, leicht und mediterran. Was bitte ist an saftigen Mäusen denn so schwer? Es muss ja nicht viel zu viel Butter dran. Was ist denn wohl an einem bisschen Butter so schädlich?

Die Frau kocht viel mit Olivenöl. Weil das gesund ist. Viel frisches Gemüse, Salate, bääääh!!! Geflügel und Fisch.

Apropos, wieso hat sie sich letztens so künstlich aufgeregt, als ich den Goldfisch aus dem Teich im Nachbargarten mitgebracht habe? Unser Nachbar hat nichts mitbekommen. Und das mit dem Koi, um es hier kurz zu erwähnen, war ich nicht, das war Lola. Wenn Fisch wirklich so gesund sein soll, wie sie sagt, da hätte sie meinen fangfrischen Goldfisch doch gleich mit verarbeiten können.

Nein, sie kocht lieber Bouillabaisse, stellt ab und an, wenn sie Gäste hat, etwas auf den Tisch, das sie Aioli nennt. Eine Auswahl an verschiedensten Gemüsen, die man in eine leckere aromatische Knoblauchmayonnaise dippt.

Meiner bescheidenen Meinung nach, wenn ich das sagen darf, das Gemüse ist überflüssig. Aber die Mayonnaise ist okay, die kann ich mir äußerst gut zu Goldfisch oder Koi aus dem Teich nebenan vorstellen.

Die Frau macht auch recht häufig ihre beliebten Thunfischsteaks in Zitronensoße. Da frage ich Sie, was soll die Zitrone, pur und roh ohne Soße, wäre mir der Fisch lieber. Und es gibt

12

des Öfteren, so wie sie glaubt, leckeres Huhn mit Parmaschinken in Orangensenfsoße aus dem Backofen.

Was soll das Ganze eigentlich?

Das Huhn ist oft viel zu heiß, wenn es aus dem Ofen kommt und meinen Parmaschinken genieße ich lieber kalt. Mein Gott, ganz ehrlich, muss ich mir denn jedes Mal die Pfoten verbrennen, wenn ich versuche, das (mein) Huhn aus dem heißen Bräter zu klauben? Das geht doch auch anders?!

Allerdings gibt es eine Sache, mit der ich mich mehr als gut anfreunden kann, auch wenn sie aus Frankreich kommt. Ich meine die große Vielfalt an spannendem Rohmilchkäse. Ich bin komplett verrückt nach dieser fantastischen Auswahl von leckerem würzigem Ziegenkäse aus der Provence, in den unglaublichsten Varianten. Ich denke mir, damit könnte ein deutscher Kater ohne weiteres leben. Rotwein und Baguette brauche ich nicht, darauf kann ich verzichten, ein gutes Glas Milch tut es für mich auch.

Ups, da sehe ich gerade, ich sollte jetzt besser Schluss machen.

Das Telefon klingelt seit einer Ewigkeit und die Frau geht es suchen.

Und der wunderbare Käse für ihre Gäste steht bereits ausgepackt auf dem Küchenbuffet, er soll schließlich Zimmertemperatur bekommen.

Ich hoffe, es dauert noch eine Weile, bis sie das Telefon gefunden hat.

Ich brauche mehr Zeit, um mich entscheiden zu können, mit welchem Käse ich beginnen soll. Sie hat sich richtig ins Zeug gelegt. Viele wunderbare gut ausgewählte Käsesorten. Ja, die Frau versteht viel von tollen Käsesorten. Wo fange ich nur an? Brie? Camenbert? Roquefort? Ein St. Marcellin? Ein Tomme? St. Félicien? Chèvre? Brillat-Savarin? Brébis? Immer die Qual der Wahl.

Wobei, wieso eigentlich? Warum sollte ich denn wählen? Ich nehme alle!

Ich diesem Sinne wünsche ich mir einen guten Appetit.

Tonto, auf der Lauer und fast schon auf dem Sprung! Es lebe die Käseplatte! Vive le fromage!

Bouillabaisse
Zutaten für 4 Personen

1 kg gemischte Mittelmeerfischfilets
250 g geschälte Garnelen
4 Stangen Staudensellerie
1 Bund glatte Petersilie
3/8 l trockener Weißwein
1 Glas Fischfond oder Fischpaste
1 Dose geschälte Tomaten (800 g)
2 Zwiebeln
4 Knoblauchzehen
Salz / Pfeffer aus der Mühle
1 Baguette
Olivenöl
geriebener Emmentaler

Die **Bouillabaisse**

Fischfilets in mittelgroße Portionen schneiden, leicht salzen und kühl stellen.

Selleriestangen putzen, waschen, in 2 cm dicke Scheiben schneiden. Zwiebeln und Knoblauch grob hacken und im Mörser zerquetschen.

Mit etwas Olivenöl verrühren.

Die Dosentomaten abtropfen lassen, vierteln. Heben Sie den Saft auf.

In einem großen Bräter das restliche Olivenöl erhitzen, Zwiebeln und Selleriestücke kurz darin andünsten. Die Tomaten untermischen und den Weißwein und den Fischfond hinzugeben, aufkochen. Den Tomatensaft und den Knoblauch zufügen.

Den Sud 45 Minuten köcheln lassen, damit sich die Aromen verbinden.

Fischstücke hinein geben und 10 Minuten garen. Die Garnelen 3 Minuten vor dem Ende der Garzeit zufügen.

Salzen, pfeffern. Die Petersilie grob hacken und auf die Suppe streuen.

Einen trockenen Weißwein von der Domaine de Millet dazu und das Festmahl ist perfekt.

Wenn von der Bouillabaisse etwas übrig bleiben sollte, lässt sich der Rest sehr gut einfrieren.

Oder aber, viel besser noch, den Rest gleich mir servieren. Machen Sie sich für mich bitte keine Umstände. Ich brauche keinen Teller, mir reicht der Suppentopf. Und lassen Sie das Brot weg, das ist wirklich nicht nötig!

Die Rouille

3 - 4 geschälte Knoblauchzehen
1 - 2 rote, sehr scharfe Peperoni
Milch
1 Scheibe altes Weißbrot
1 Ei
Olivenöl,
Salz / Pfeffer

Knoblauch und Peperoni im Mörser zerdrücken, das Weißbrot zerbröseln, mit der Milch tränken, untermischen und gut verrühren. Ei hinzugeben, mit dem Olivenöl zu einer cremigen festen Masse verrühren. Salzen und pfeffern.

Baguette in dicke Scheiben schneiden und im Backofen goldbraun rösten.

Die Suppe in die Teller füllen. Pro Teller 1 bis 2 Baguettescheiben auf die heiße Suppe geben, mit der Rouille bestreichen und den geriebenen Käse darüber streuen.

Dazu ein frischer Weißwein aus Les Baux vom Mas de la Dame. A votre santé!

Aioli

Aioli ist in der Provence nicht nur die unter diesem Namen bekannte Knoblauchmayonnaise, sondern auch eine beliebte, leichte, immer wieder abwandelbare Vorspeise.

Was zu einer Aioli gehören sollte, entscheiden Sie nach Saison und Geschmack. In der Provence finden Sie stets eine mehr als opulente Auswahl verschiedener blanchierter Gemüse, wie:

Aioli – das Gemüse

Blumenkohl
Karotten
Haricots verts
Sellerie
gekochte kleine Kartoffeln
Paprika
Champignons oder Pilze nach Jahreszeit
Artischocken
Zwiebeln
und etwas gehaltvollere Zutaten wie:
Thunfisch
hart gekochte Eier
Crevetten oder
Stockfisch

Der Stockfisch sollte für mindestens 24 Stunden in Wasser eingelegt werden, um seinen Salzgehalt zu verringern. Aus diesem Grund sollten Sie das Wasser während dieser Zeit auch 5 bis 6 Mal wechseln. Gerne auch noch öfters. Zum Garen kommt der Stockfisch schließlich ein letztes Mal in frisches Wasser und sollte dann 20 Minuten bei kleiner Hitze simmern.

Servieren Sie ihn je nach Geschmack Ihrer Gäste kalt oder warm.

Eine Aioli ist ein geselliges Essen, ähnlich einem deutschen Fondue-Abend, wenn Ihre Gäste lange am Tisch sitzen bleiben um immer wieder einen kleinen Happen zu sich nehmen.

Denken Sie an reichlich Weißwein. Wenn Ihre Gäste lange am Tisch sitzen, werden sie in dieser Zeit auch viel trinken.

Eventuell sogar Wasser!

Aioli – die Soße

10 - 12 geschälte Knoblauchzehen
6 Eigelb
½ - 0,75 Liter mildes Olivenöl
Salz / Pfeffer aus der Mühle

Den Knoblauch zusammen mit Salz und Pfeffer zu einer Paste zerstoßen, das Eigelb unterrühren.

Sobald die Masse anfängt dick zu werden, Olivenöl tröpfchenweise hinzugeben, solange bis eine cremige Paste entstanden ist.

Sie können alternativ auch Zitronensaft oder auch einige pürierte Anchovis (Achtung, salzig!) dazu geben. Eine interessante Variante, aber wie alles im Leben, Geschmackssache.

Alle Zutaten auf einer großen Platte liebevoll anrichten.

Bon appétit!

Was die Crevetten und den Stockfisch betrifft, kalkulieren Sie bei der Bemessung der Portionen netterweise eine recht großzügige Menge für alle Katzen dieser Welt mit ein. Und eine besonders große Portion für mich.

Hähnchenbrustfilets in Orangensenfsoße
Für 4 Personen

4 Hähnchenbrustfilets
8 Scheiben Parmaschinken
1 Handvoll frischer Rosmarin oder auch
Salbei (beide Varianten sind lecker)
Orangensenf
evtl. etwas Dijonsenf
Olivenöl
Salz / Pfeffer aus der Mühle

Hähnchenbrustfilets abspülen, trocken tupfen, salzen, pfeffern.

Den Boden einer runden Auflaufform mit etwas Olivenöl bestreichen. Mit dem Parmaschinken bedecken, Kräuter dazu geben.

Darauf die Hähnchenbrustfilets legen.

Aus Orangensenf, etwas Dijonsenf und Olivenöl eine sämige Soße mischen, salzen, pfeffern und damit die Filets großzügig bestreichen.

Im Backofen bei 180 Grad Umluft je nach Größe der Hähnchenbrustfilets 20 bis 30 Minuten garen lassen.

Als Beilage passt ein Salat aus Lollo Bianco mit grünen Oliven, weißen Zwiebeln, sowie saftigen Orangenfilets, serviert in einer Vinai-grette.

Dazu gerne ein fruchtiger Rosé Terre dou Levant von den Producteurs réunis de la Tour d'Aigues.

Die Provence bietet eine Vielfalt an guten Rosés. Aber es gab auch Zeiten, da wurden die Rosés in Massen produziert, gerne und häufig gepanscht und hatten mit Recht den allerschlechtesten Ruf, mal abgesehen von grässlichen Kopfschmerzen, die diese Plörre verursachte.

Heutzutage haben die Weine dort meistens eine erstklassigen Qualität. Meinte die Frau. Außer, sie kommen aus diesem großen Teil Frankreichs, der seit Neuestem in Spanien liegt.

Und die hat ja bekanntlich immer Recht!

Nur nicht bei dem Huhn. Was will sie damit? Wer braucht das so? Für mich wäre es allerdings perfekt. Ohne die Soße. Die stört. Und ihre Gäste? Mein Gott, die haben doch den Salat!

Thunfischsteaks in Zitronensoße
Für 4 Personen

4 Thunfischsteaks
2 unbehandelte Zitronen
6 EL mildes Olivenöl
1 EL Butter
Salz / Pfeffer aus der Mühle

Die Thunfischsteaks unter fließendem Wasser abspülen, die Schale einer Biozitrone abreiben, den Saft auspressen. Mit 4 EL Olivenöl verrühren. Die Marinade salzen und pfeffern. Abgeriebene Zitronenschale unter rühren.

Geben Sie die Marinade über die Fischsteaks und lassen Sie sie ein, zwei Stunden abgedeckt im Kühlschrank ziehen. Bitte ab und an wenden.

In einer beschichteten Pfanne etwas Olivenöl erhitzen, Steaks aus der Marinade nehmen und gut abtropfen lassen.

Die Thunfischsteaks sollten von beiden Seiten bei mittlerer Hitze 2–3 Minuten gebraten werden. Herausnehmen, zugedeckt zur Seite stellen.

Die Marinade zu dem Bratensatz in die Pfanne gießen, die 2. Zitrone auspressen und den Saft zur Marinade geben. Alles kräftig auf kochen. Geben Sie die Butter dazu, salzen und pfeffern Sie den Fisch.

Geben Sie die Steaks in die Soße und lassen Sie sie noch einmal richtig heiß werden.

Servieren Sie die Thunfischsteaks dann sofort auf vorgewärmten Tellern.

Als Beilage passen kurz in Estragon und Butter gebratene Pellkartoffeln, sowie ein grüner Salat. Was der Markt oder Ihr Garten gerade so hergibt. Sie können dafür Kopfsalat, Lollo bianco, Frisée oder Löwenzahn und Kräuter dazu nehmen.

Dieses Gericht hat die Frau das erste Mal in Sète am Hafen gegessen. Mit einem schönem Blick auf das Meer und die Fischerboote.

Dazu, also zum Fisch, nicht zum Meer, passt ein Weißwein aus der Region, wie wäre es mit einem Picpoul de Pinet?

Genießen Sie es!

Falls Sie es noch können. Denken Sie daran, wie schnell ich bin.

Und ich liebe Thunfisch! Lassen Sie für mich einfach die Soße weg

Das Anlehnprinzip!
Kapitel 3

Also, wie soll ich es bloß nur sagen? Die Sache mit dem Käse ist echt dumm gelaufen.

Die Frau war doch wesentlich schneller, als ich dachte, mit ihrem Telefon zurück in der Küche. Wer, zum Teufel, hat bloß nur diese verdammten schnurlosen Geräte erfunden? Früher ist wohl das Leben für Katzen um einiges leichter gewesen.

Ich sitze so was von entspannt auf der Anrichte und ziehe mir gerade ein gut temperiertes Stück vom St. Marcellin rein, wunderbar reif und weich. Der Banon war mir noch etwas zu jung, da werde ich schon brutalst von der Käseplatte geschubst und mit roher Gewalt in den Garten gejagt. Mein Gott, ist der blöden Ziege klar, dass ich mich hätte verschlucken können. Ersticken! Oder ich hätte von dem Stress sogar einen Herzanfall erleiden können. Frauen sind wirklich rücksichtslos!

Fragen Sie zu diesem Thema mal den Kater vier Häuser weiter. Er hatte eine großartige, sehr gut funktionierende Beziehung mit dieser attraktiven Halbperserkatze aus dem Haus nur eine Straße weiter, eine Katze mit eigener Katzenklappe und üppigst gefüllten Futternäpfen.

Ja, ja, ich weiß, anderes Thema, wir reden nicht über das Futter, aber da wir nun schon dabei sind, auch Männer sollten praktisch denken. Genügend Futter ist immer gut.

Ähm, was wollte ich eigentlich sagen, ach ja, diese Halbperserin hat ihn tatsächlich für einen grauen ordinären zerrauften Kater sitzen lassen.

Gerüchteweise noch nicht einmal kastriert, mit grauenhaften Manieren, aber kennen wir es nicht zu gut? Wenn Frauen sich was in den Kopf setzen!

Aber ich bleibe schon wieder nicht beim Thema! Jedenfalls, die Frau sperrt mich in den Garten aus, obwohl es in Strömen regnet. Rücksichtslos! Aber so was von! Hallo?! Was soll das? Es war immer noch mehr als ausreichend Käse da.

Und es gab tatsächlich noch ihren berühmten Schokoladenkuchen. Der war jedoch, wie sollte es sonst sein, für Ihre Freundinnen gedacht.

Einmal in der Woche ist Mädelsabend bei der Frau, wie sie alle es nennen. Diese Abende sollen dazu dienen, sich auszutauschen, zu informieren. Um Netzwerke zu bilden, um Möglichkeiten für ihr berufliches Fortkommen und ihre Karrieren zu diskutieren, etc.

Aber im Vertrauen, das ist bloß ein Alibi, eine Entschuldigung, um zu hemmungslos zu essen, zu trinken und fürchterlich zu lästern. Die nehmen keine Klappe vor den Mund. Sie lästern über Gott und die Welt. Ach was, alles Quatsch. Gebt denen Alkohol und sie reden nur noch über eins, Kerle.

Die unter ihnen, die einen haben, wollen ihn wieder loswerden, weil er so langweilig geworden ist, zu träge. Oder aber, weil er nicht in der Lage ist, seine schmutzige Wäsche wegzuräumen. Die andere Fraktion? Das sind die Mädels, die keinen Typen haben, aber gerne einen hätten, weil ihnen langweilig ist oder (Kinder und Moralisten bitte weg hören) sie mal wieder Bock auf Sex hätten.

Und ab und an auch jemanden zum Anlehnen, obwohl sie nicht nur unabhängig, sondern auch unglaublich stark sind und niemanden brauchen.

Aber ist es denn nicht so schön, auch einmal ein wenig Schwäche zeigen zu können? Hallo, wissen die nicht, was sie wirklich wollen?

Die sind ja noch viel schlimmer als wir Kater. Wenn ich mich anlehnen will, nehme ich mein Lieblingssofa, zumindest wenn ich mich absolut unbeobachtet fühle und die Frau nicht hinguckt. Es hat eine schöne, weiche und bequeme Lehne.

Und Katzen oder Kater wie ich, erwarten nicht, dass jemand aufschlägt, um unsere Langeweile zu vertreiben. Wenn wir uns mal langweilen sollten, gehen wir Kater von Welt Mäuse jagen.

Apropos, da sehe ich eine im Garten. So der Typ gut genährte, saftige Feldmaus. Kommt sicher gut nach dem Käse. Und Tschüss, keine Zeit mehr.

Tonto, auf der Jagd!

copyright by bina-art.de

Männer und Socken.
Erfahrungen einer reifen Katze
oder
Lupita packt aus!
Kapitel 4

Letztens durfte ich mir eine Gardinenpredigt von Königin Lupita anhören. Wieso? Warum weiß sie immer alles besser? Was will sie mir erzählen? Sie habe mehr Erfahrung? und Reife?? als ich, und so ginge es nicht. Was soll das jetzt? Was geht so nicht? Wieso quatscht sie jetzt von Reife? Welche Reife? Reife schätze ich nur bei Rohmilchkäse!

Sie meint, immer nur Mäuse zu fangen, zu den Mahlzeiten in der Küche herum zu lungern, Käse zu essen, überflüssige oberflächliche, idiotische Bemerkungen über Frauenabende und Kerle zu machen, das ginge auf keinen Fall. Man nenne sie auch nicht Kerle, wie unhöflich, sondern Männer. Und Männer könnten Frauen viel Spaß machen.

Sie findet es lieblos, dass ich nach all den Jahren bei unserer knappen Futterquelle, diese nur „die Frau" nenne. Das hieße ganz liebevoll Frauchen! Wer behauptet das? Kann ich nicht meine eigene Meinung dazu haben???

Hilfe! Und dann fängt sie an, über „Frauchens" Männer zu erzählen. Das ist mir zu langweilig. Fürchterlich langweilig! Könnten wir nicht über Kois oder Käse reden?

Oder von mir aus auch über Vor- und Nachteile von Dosenfutter. Ich will diese Geschichten nicht hören. Soll sie damit doch besser Lola und Picasso auf die Nerven gehen. Will wirklich irgendjemand wissen, wie viele Männer „Frauchen" in all den letzten Jahren hat kommen und auch wieder hat gehen sehen. Sagen wir besser, gehen lassen?

Lupita behauptet, einer intellektuellen, reifen Katze brächten subtile Beobachtungen doch mehr Vergnügen als kindische Spielereien oder Mäuse zu fangen. Ach? Was? Kann jeder sagen! Ich nenn das Neugier!

Sie meint, es hätte solche Männer gegeben, die keine Katzen mochten, mehr als unverständlich in ihren Augen. Nur als Beispiel, eine Katze wie sie, mit ausgeprägtem Wildkatzentemperament, so anmutig und charmant, die sollte jeder lieben. Das Anbeten bitte nicht vergessen! Hoffentlich haben das auch alle mitbekommen! Aber das war noch nicht alles. Sie sei bildschön und habe eben diese traumhaften smaragdgrünen Augen, um die sie doch wohl jede berühmte Filmschauspielerin beneiden müsse,

Aber wie auch immer, wenn Typen (Männer) bei „Frauchen" hätten landen wollen, hätten sie, was uns Katzen anbelangt, gelogen bis sich die Balken bogen. Kurze Zwischenfrage, wie soll das gehen? Balken biegen sich doch wohl kaum durch Lügen. Nur durch das Alter oder

Übergewicht. Sie habe jedoch immer gemerkt, wer uns, und damit meint sie sich, wirklich mochte und wer nicht.

Einer von diesen Schwachmaten hätte sich eines schönen Tages getraut, „Frauchen" vor die Wahl zu stellen: „Die Katzen oder ich!" Nun rate mal, wie das ausgegangen ist? Ein anderer hätte sich so richtig fett bei ihr eingeschleimt. Meinte: „Bei dir möchte ich auch Katze sein!" bis „Frauchen" ihn mit einem Lächeln auf den Lippen gefragt hätte: „Sicher??? Bist Du Dir ganz sicher? Obwohl sie kastriert sind?"

Ja, es ist ja gut, Lupita, selbst ich erinnere mich noch an seinen verblüfften Gesichtsausdruck. Ich bin doch nicht senil. Bla, bla, bla......!

Hilfe, ich kann es nicht mehr hören! Ich möchte über Thunfisch reden, Goldfische oder Mäuse.

Lupita ist noch nicht fertig. Merkt sie nicht, dass ich kurz davor bin, im Stehen einzuschlafen? Jetzt erzählt sie mir, Männer seien so unglaublich amüsant und es wirklich Wert, mal für eine Weile von uns beobachtet zu werden, da sie ständig absolut unerklärliche Dinge machten.

Dazu kann ich nur sagen, Katzen sind amüsant. Aber Männer?

Doch Lupita ist in Plauderlaune. Sie hört einfach nicht auf.

Sie erinnere sich gut daran, Frauchens erster Mann habe seine schmutzigen Socken immer vor den Wäschekorb im Bad gelegt, doch niemals hinein. Frauchen frage sich noch heute, wieso. Der Mann sei schließlich Akademiker, intelligent und hätte, falls nötig, mal eben schnell die Welt erklären können. Da solle man doch in der Lage sein, einen Deckel zu öffnen und seine Socken in diesen Korb zu schmeißen. Alles hätte Frauchen hinter ihm her räumen müssen. Tageszeitungen, Bücher, Telefon, seine Brille, oder das schmutzige Geschirr.

Und wenn man Frauchens Freundinnen zu dem Thema frage, alle Männer seien so. Nun gut, nicht unbedingt alle. Aber viele. So unfähig in all den praktischen Dingen des Alltags. Putzen, Müll weg bringen, die Spülmaschine einräumen, oder mal Staub saugen.

Wieso denn, das erledigt sich nicht von alleine?

Aber sie hätten durchaus ihre Vorteile. Männer liebten es, in ihren Garagen herum zu basteln. Sie reparierten Autos, zündeten bei Gartenfesten mit kindlicher Begeisterung den Grill an. Vorsichtig, kommen Sie nicht in die Nähe des Grills, denken Sie an Ihre Haare. Männer lieben Feuer und hohe Stichflammen, sind alle verkappte Pyromanen! Sie könnten auch mal eine Glühbirne eindrehen. Und wenn man sie richtig gut erzöge, kraulten sie einem den Rücken oder massierten einem die Füße. Jedoch unter Protest. Und sehr selten. Also nur unter Zwang!

Wenn sie dann mal nicht gerade zündelten und versuchten, den Garten in Flammen zu setzten, würden sie über Sex nachdenken. Den würden die meisten für ihr Leben gerne mögen.

Dummer Weise manchmal aber auch mit anderen Frauen als den ihnen angetrauten Frauchen. Dies sei, gerade zu Karneval, ein beliebter Volkssport in vielen ländlichen Gegenden. Wobei ich mich frage, wie sollen da die Leistungen gewertet und wie die Punkte vergeben werden, so wie beim Tennis?

Weiter geht es. Jetzt erzählt sie mir, das Leben mit Männern sei wesentlich komplexer, als man denke. Sich ab und an einmal anzulehnen, könne wirklich entspannend sein. Auch als unabhängige Frau dürfe man es sich gestatten, von Zeit zu Zeit einen Hauch von Schwäche zeigen.

Sehr entspannend würde ich es nennen, wenn sie endlich ihre Klappe halten würde, ich mich an meinem weichen Sofa anlehnen und relaxed eine nette saftige Maus verspeisen könnte.

Ach, und übrigens, mich anzulehnen ist kein Zeichen von Schwäche. Nicht bei mir! Wir Kater kennen keine Schwäche. Woher auch!? Wir sind stark. Außer wir sind hungrig.

Ich sollte nur gut aufpassen, dass die Frau mich nicht auf dem Sofa sieht. Ich brauche jetzt meine Ruhe, viel Ruhe!

Tonto, wehe mich stört jetzt jemand!

Wozu brauchen Frauen
40 Paar Schuhe?
Kapitel 5

Also, unsere liebe Lupita, zieht mal wieder heftig über Männer ab. Als Mann und als Kater fühle ich mich stark in meiner Ehre gekränkt. Tja, Frauen sind auch nicht die reinsten Engel.

Nehmen wir nur die Zeit, die „ die Frau" im Bad mit dem ganzen Programm, Duschen, Haare waschen, abtrocknen, eincremen, föhnen, die Augenbrauen zupfen und parfümieren verbringt. Ewigkeiten, die sie sich im Badezimmerspiegel bewundert. Stundenlanges Schminken und wieder Umziehen, weil irgendetwas nicht perfekt genug ist. Was da doch für eine Zeit verplempert wird. Warum kann sie nicht zum Duschen im Garten einfach durch den Regen hüpfen, dann wäre sie auch nass.

Die Frau mag um einiges praktischer veranlagt sein als mancher Mann, dafür kann sie aber umso gewaltiger nerven. Zum Glück nicht ständig.

Aber mit solchen überflüssigen Bemerkungen wie „Oh, mein Gott, meine Haare sind eine einzige Katastrophe, ich glaube, ich habe heute einen bad hair day!" kann sie mir ganz schön auf den Keks gehen. Liest die etwa zu viel Gala? Das bekommt ihr wohl nicht. Ich habe damit keine Probleme, mein Fell liegt seidig an meinem Körper. Immer! Was sollte es auch sonst tun? Die hat doch einen an der Klatsche.

Dann all diese eigenartigen Geschichten mit ihren überflüssigen Klamotten. Mindestens sechs Kleiderschränke sind vollgepackt bis Oberkante Unterlippe, doch sie hat nie etwas zum Anziehen. Angeblich! Wozu brauchen Frauen denn mehr als ein Fell? Man will es doch nur warm haben. Wozu brauche ich ein Fell in schwarz, in rot, in blau, in gelb, in rosa oder fast noch schlimmer, in bunt? Oder geblümt? Ich bin doch kein Schmetterling.

Und diese komischen Gesichter, die sie vor dem Spiegel zieht, weil irgendetwas in ihren Augen nicht perfekt sitzt. Auch hier kann ich nur sagen, mein Fell sitzt. Ich sehe einfach gut aus! Extrem gut!

Das Schlimmste allerdings, das sind Frauen oder sagen wir besser gleich, die Frau und ihre Schuhe. Wozu braucht sie 30 oder 40 Paar? Könnten auch einige mehr sein. Das soll man mir mal erklären, das ist für mich nicht verständlich. Die nehmen mir die Kuschelecken in ihren Kleiderschränken weg und jeder sollte doch so langsam wissen, wie gerne ich da drinnen schlafe. Am liebsten und am besten im Schrank in der Diele. Aber überall diese dämliche Kartons.

Würde sie ihre Schuhe wenigstens auspacken und endlich die Kartons entfernen, dann könnte ich an den Absätzen knabbern und/oder meine Krallen an dem schönen Leder trainieren. Sie sagt ja selber, Sport sei gut für mich. Und ein nettes ausgedehntes Training, so wie das vor einigen Tagen, macht Spaß. Und es war ja nur einer ihrer Lieblingskaschmirpullover. Nur einer! Von vielen. Ganz ehrlich! Ich hätte auch alle nehmen können. Ich muss schon sagen, die Fäden ließen sich ganz wunderbar heraus ziehen. Ich hoffe allerdings, sie hat das noch nicht bemerkt.

Letztens hat sie ja wieder was von Teeren und Federn und direkt an der Küchenwand aufhängen gemurmelt, falls sie mich auch nur noch einziges Mal in ihren teuren Pullovern erwischen sollte.

Aber lassen Sie mich schnell noch einmal auf die Menge von Schuhen zurückkommen. Allein, wenn ich mir vorstelle, was für ein dickes Ding sie sich erst letztens geleistet hat. Wie sie behauptet, geradezu unglaublich preiswert, ihrer Meinung nach fast geschenkt! Es war ja im Schlussverkauf!

Louboutins für schlappe 450,-€ das Paar! Das grenzt doch wirklich an Lobotomie.

Wenn ich darüber nachdenke, ich gehe besser wieder zurück in meinen Schrank, diese dumme Verschwendungssucht ermattet mich.

Vorgestern habe ich dort eine neue kuschelige und weiche Felljacke gesehen. Ich gehe davon aus, dass das Kunstfell ist???!!! Das hoffe ich zumindest! Ich glaube, die ziehe ich mir vom Bügel und schlafe ein bisschen darauf.

Könnte das Katzenfell sein? Sie ist wahnsinnig weich und seidig. Und falls es so sein sollte, was ist dann mit den Katzen passiert, hat sie aus denen ein Ragout gemacht?

Vielleicht gehe ich gleich in den Garten, ein bisschen jagen? Nöh, bin zu müde, träume lieber von Mäusen. Vielen wunderbaren Mäusen.

Tonto, Rächer der Entfellten! Äh, gibt es dieses Wort überhaupt?

Wie der Kleiderschrank mich fast tötete!
Kapitel 6

Also, ich scheine wirklich ein außergewöhnliches Talent zu haben, mich in die Nesseln zu setzten. Oder wie meine Kollegin Lola häufig behauptet, den Kurs „Wie mache ich mir Feinde innerhalb von 10 Minuten und behalte sie?", hätte ich wohl mit Erfolg besucht.

Die Sache mit dem Kaschmirpullover und der Felljacke ist dummerweise doch aufgeflogen. War wohl, Gott sei Dank, kein Katzenfell, nö, sondern irgendein absolut schweineteures Designerteil. Zum Glück aus echtem Kunstfell. Alles andere wäre schließlich mehr als geschmacklos! Hat jetzt leider dummerweise einen klitzekleinen Riss an der Schulter, weil ich sie nicht gleich vom Bügel bekommen habe und nachhelfen musste. Wie kann die Frau nur so kleinlich sein? Es sind doch nur Klamotten!

Ich allerdings hätte mich schwerstens an dem riesigen harten Holzbügel verletzen können, der mir fast auf den Kopf gefallen ist. Als ich, knapp dem Tod von der Schippe gesprungen, komplett angeschlagen aus meinem Schrank wanke, ja, wer wartet da bereits auf mich?

Königin Lupita und Lola, sehr sehr neugierig, was jetzt wohl passieren wird. Nicht etwa, weil sie sich um mich sorgen, wieso denn auch? Die haben selber mehr als reichlich Dreck am Stecken. Sind ebenfalls ständig im Schrank und haben andere nette Pullover, die sie kaputtmachen. Die hängen hier nur herum, um zu sehen, was passiert, wenn man auffliegt. Was soll ich sagen, die Frau guckt mehr als sparsam.

Lola tut, was sie am besten kann. Was meinen Sie denn, woher der bekannte Filmtitel „Lola rennt" kommt? Und Lupita macht, so wie immer, einen auf Grande Dame. Böse ist, wer Böses von ihr denkt. Und wer bekommt mal wieder die volle Breitseite ab? Na? Wer wohl? Raten Sie mal! Klar, ich!

Ich bin jetzt auf Diät. Die Frau sagt, alles was ich ihr in der letzten Zeit kaputt gemacht hätte, hole sie sich über mein Futter wieder rein. Wieso über mein Futter? Über kein Futter, das wäre wohl der wesentlich passendere Ausdruck. Die Frau meint, selbst Wasser und trockenes Brot seien noch viel zu gut für mich.

Ich könne schön die nächsten hundert Jahre im Garten bleiben, also im Exil und mich selber versorgen. Also soll ich Mäuse fangen, bis sich die Kosten für die kaputten Teile amortisiert hätten. Bis dahin kein Futter mehr im Haus. Nada, niente, nix, gar nichts, überhaupt nichts mehr. Diät!!!

Kapiere ich nicht! Diät heißt doch nicht, nichts mehr zu bekommen. Bei den Politikern gibt es ja schließlich mehr als reichliche Diäten. So wie ich sehe, kriegen die ihren Hals nicht voll genug. Selbst wenn von ihnen behauptet wird, dass man heftigst sparen müsste und im Grunde genommen auch kein Geld da sei. Doch Sparen gilt in ihren Augen nur für Steuerzahler. Niemals für sie.

Das wird mir zu kompliziert. Ich fange besser an, meine Mäuse im Garten zu zählen. Ich hoffe, sie werden ausreichen, bis sich alles beruhigt hat. Falls nicht, wer erhöht mir dann meine Diäten?

Hilfe, ich habe Hunger!!! Ob noch genügend Kois oder Goldfische im Nachbarteich sind? Gibt es nicht eine Art von Hilfsprogramm für notleidende Katzen, Care Pakete, Katzen-Caritas?

Ich fühle mich bereits sehr schwach. Ich glaube, alleine bei dem Gedanken an diese Diät habe ich einige Kilo abgenommen. Ich brauche dringendst Aufbaunahrung, etwas Kräftigendes.

Zur Abwechslung eine fette Taube? Die kommt jetzt bestimmt ganz gut, nach all den Mäusen! Ich geh mal aufs Garagendach, vielleicht fliegt ja was vorbei. Habe ein paar Gärten weiter auch Hühner gesehen, zu weit weg, schaff ich nicht mehr, bin nicht mehr Herr meiner Kräfte! Wer kann mir helfen?

Tonto, so was von am Rande eines Nervenzusammenbruchs!

Hähnchen (statt Taube)
mit eingemachten Zitronen
Für 4 Personen

2 kleine Hähnchen à 800 - 1000 g
4 eingemachte Zitronen
Olivenöl
2 Zwiebeln
grüne steinlose Oliven
frische Korianderblätter
Petersilie
etwas gehackter Ingwer
Salz / Pfeffer aus der Mühle

Knoblauchzehen zerstoßen, mit der Masse und dem Salz das Innere der Hähnchen einreiben.

Anschließend 30 Minuten einziehen lassen

In der Zwischenzeit Zwiebeln in dünne Ringe schneiden.

Die Hähnchen im Olivenöl leicht anbräunen.

Aus der Kasserolle nehmen, an die Seite stellen.

Die Zwiebeln glasig dünsten.

Petersilie und Koriander waschen und hacken. Mit Safran, Ingwer, Salz und Pfeffer vermischen.

In eine Kasserolle geben und einen viertel Liter Wasser dazu gießen.

Die Hähnchen darauf legen, zum Kochen bringen. Hitze reduzieren, den Topf schließen, 60 Minuten unter regelmäßigem Wenden köcheln lassen.

Die Hähnchen aus dem Topf nehmen und warm stellen.

Zitronen in dünne Scheiben schneiden, einige Scheiben an die Seite stellen.

Restliche Zitronenscheiben mit Oliven in den Topf geben, zu einer kräftigen Soße reduzieren lassen.

Vor dem Servieren die Zitronenschalen bitte entfernen.

Die Hähnchen portionieren, anrichten, die Soße darüber geben.

Garnieren mit den restlichen Zitronenscheiben.

Dazu passt Wildreis oder auch roter Reis aus der Camargue, sowie Kaiserschoten die in Butter und Honig geschwenkt wurden. .

Meine heutige Weinempfehlung dazu, ein Mas Sainte Berthe blanc.

Okay, es ist eher eine Empfehlung der Frau. Ich empfehle mir das Huhn!

Schneller Coque au vin

(für sehr, sehr hungrige oder die, die es mal wieder nicht abwarten können!))
Für 4 Personen

4 Hähnchenbrustfilets
1 Flasche kräftiger Rotwein
4 Scheiben durchwachsener Speck
2 - 3 Knoblauchzehen
ein paar Thymianzweige
nach Geschmack Champignons oder Möhren
Olivenöl
Salz / Pfeffer aus der Mühle

Speck in Würfel schneiden. Zusammen mit den Hähnchenbrustfilets anbraten.

Anschließend so viel Rotwein aufgießen, bis die Filets bedeckt sind.

Die Thymianzweige sowie gehackten Knoblauch hinzugeben. Die Möhren oder Champignons dazu hinzufügen, mit garen lassen. Salzen, pfeffern, 15 Minuten sanft köcheln lassen.

Der Wein zum Kochen sollte hochwertig sein. Bitte nicht an der Qualität sparen. Natürlich gilt das Gleiche für das Huhn. Ein Bressehuhn wäre schön für mich. Und der Wein sollte auch der sein, den Sie dazu trinken möchten.

Meine Empfehlung, ja, ist gut, die Empfehlung der Frau: Ein kräftiger, schön runder Chateau Sabran aus Corbières.

Die Frau mag den Wein! Ich mag das Huhn!

Und raten Sie mal, warum das schneller Coque au vin heißt? Was sagen Sie? Ja, Sie haben richtig geraten. Sie sind gut. Weil ich meistens schneller bin, als man hinschauen kann!

Geröstete Kartoffeln
Für 4 Personen

800 g kleine Kartoffeln mit Schale
eine Handvoll eingelegte Tomaten
Thymian
Minze
Olivenöl
Salz / Pfeffer aus der Mühle

Eine Auflaufform mit dem Olivenöl einfetten.
Kartoffeln waschen, trocknen und halbieren.
In eine Auflaufform geben und im vorgeheizten Backofen bei 180 Grad Umluft garen.
Die eingelegten Tomaten klein hacken, und 5 Minuten vor Ende der Garzeit von 40 Minuten mit dem Thymian dazugeben.
Kartoffeln immer wieder mal wenden, damit sie schön gleichmäßig braun werden.
Dazu ein Tomatensalat mit frischer Minze aus dem Garten.
Da muss ich passen, sehe ich etwa aus wie ein Vegetarier?

Korruption und Privilegien!
Kapitel 7

Also, die zwei Stunden im Garten waren hart und unglaublich grausam. Wenn man zweifelnd auf dem Garagendach in der Sonne liegt und nicht die aller geringste Ahnung hat, was die Zukunft bringen wird, kann man schon ins Grübeln kommen. Ich erwähnte es ja bereits des Öfteren, das Leben, besonders mein Leben, ist kein Wunschkonzert.

Die Frau war unbeschreiblich sauer. Das konnte ich sehen, weil sie anfing, Staub zu saugen. Und wenn sie dabei noch die Rolling Stones hört, so laut, dass eigentlich die Polizei kommen müsste, dieses wilde „I can't get no satisfaction", dann weiß ich, heute herrscht Alarmstufe ROT, eher noch dunkelrot!

Bis die Frau sich aufregt, dauert es lange. Wenn es dann passiert und man Pech hat, hat man eine absolut unerbittliche Feindin für den Rest seines Lebens. Es gibt Unmengen an Dingen, die sie zur Weißglut bringen können. Lassen Sie mich mal kurz überlegen. Was haben wir denn da alles? Okay, fangen wir an! Dummheit kann sie nicht ausstehen, sowie Helene Fischer und Heidi Klum, Dieter Bohlen, Ratten, Borniertheit, TISA, TTIP, CETA, und wie auch sonst der ganze Schwachsinn, den unsere Regierung einführen will, so heißt. Natürlich gegen den Willen der europäischen Bürger. Ras-

sismus, ihr heiß verehrter absoluter Lieblings-
politiker, der von ihr als „das Toupet" bezeich-
nete so wundervolle Donald Trump. Dann hätten wir auf ihrer Liste noch Vorurteile, Fast
Food schlechte Manieren, Jens Spahn, Neonazis die AfD, Horst Seehofer, Blutwurst und
Nierchen, Korruption, Borniertheit und einen
bestimmten Bürgermeister.

Der fällt bei der Frau unter diverse Kategori-
en: Ignoranz, Dummheit, Korruption und noch
einen weiteren, wichtigen Punkt, sehr, sehr,
also winzig kleine Männer (Zwerge?) mit Napo-
leonattituden.

Keine Ahnung, was das bedeuten soll. Habe
ich bisher noch nie gehört. Ich bin schließlich
nur ein Kater ohne allzu große Schulbildung,
dafür aber mit sehr viel Hunger.

Was die Frau gegen diesen Bürgermeister
hat, weiß ich nicht so wirklich. Gut, er ist für
sie in der falschen Partei, aber das kann noch
nicht alles sein. Manchmal denke ich, die Frau
wählt sogar uns Katzen nach ihren politischen
Vorlieben aus, warum hat sie denn sonst die
beiden Roten? Die liebe Lola könnte auch die
rote Lola heißen, so an Stelle von Lola rennt.
Und Picasso ist ein Roter aus Überzeugung.
Aber wenn das der Grund sein sollte, dann
müsste sie mich und Lupita ebenso rot färben.

Ob ich ihr das anbieten sollte, damit ich zurück ins Haus kann und wieder mein Futter bekomme?

Ja, Leute, ich weiß, ich schweife ab, mein Hunger macht mich unkonzentriert.

Okay, wir wollten doch über den Bürgermeister reden. Dieser hat, allseits bekannt, nicht nur eine Affäre mit seiner Sekretärin, belästigt nebenbei noch liebend gerne Praktikantinnen und kauft, ungemein großzügig, auf Kosten der Stadtkasse für sich privat ein. Wieso? Warum nicht? Nö, iss klar. Aber das kann es nicht allein sein, da gibt es noch etwas anderes, das machen angeblich doch viele.

Man betrachte diese Geschichte mit Präsident Clinton und der Praktikantin im Oval Office. Die hat damals einen so genannten Blow Job gemacht. Äh, was ist denn ein Blow Job? Ein Bürojob, ein Ausbildungsberuf? So wie diese unzähligen neuen Jobs, die durch das Internet entstehen? Es kann nichts zu schlimmes gewesen sein, sonst wäre er nicht Präsident geblieben. Oder?

Und Korruption? Wie man so hört, ist das heute in vielen Branchen und in der Politik ein gängiges beliebtes Geschäftsgebaren. Luxus Wochenenden auf Firmenkosten, im Puff oder mit Luxusnutten ((kenne ich beides nicht), Flüge mit Helikoptern, teuerste Geschenke, kann man ja alles von der Steuer absetzen.

Also ehrlich, da wird man doch seine privaten Rechnungen an die Stadtkasse schicken lassen können. Oder? Wenn es immerhin zum Wohl aller Bürger ist und es der Stadt nach seinen eigenen Aussagen (na, wieder die Statistiken gefälscht?) wirtschaftlich so hervorragend gehen soll. Dafür kann man sich ja schon ein bisschen bestechen lassen. Nicht wahr, Herr Bürgermeister?

Apropos, gut gehen. Mir geht es nicht gut! Ich habe Hunger! Will mich denn niemand mit Futter bestechen? Ich wäre durchaus zugänglich für eine Bestechung. Moral? Die kenne ich nicht, wenn ich Hunger habe. Wie wäre es denn mal mit einem halben Schwein auf Toast oder einem saftigen Steak? Nur eben mal 2 Sekunden pro Seite durch die Pfanne gehüpft, quasi noch lebend. Mit einem fangfrischen Fisch aus dem Nachbargarten oder einigen Mäusen? Ein halbes Dutzend, gerne auch einige mehr, würde mir für den Anfang reichen. Mir ist so schwindlig, so schlecht, jetzt ist es so weit. Das ist das Ende, mein Kreislauf kollabiert. Hilfe! Hat denn wirklich niemand eine Maus für mich? Lange halte ich nicht mehr durch.

Tonto, mittlerweile fast verhungert!

Schweinekoteletts
(Schwein, nicht auf Toast, sondern als Kotelett)

Für 4 Personen

4 Koteletts, Stiel- oder Lummer
32 grüne Oliven
2 EL Kapern
2 scharfe Zwiebeln
3 EL Olivenöl
3 EL Butter
1 Lorbeerblatt
Salz / Pfeffer aus der Mühle
etwas trockener Weißwein

Olivenöl und Butter in einer Pfanne schmelzen. Die fein gehackten Zwiebeln darin anbräunen. Lorbeerblatt, sowie halbierte Oliven dazu geben. Anbraten.

Zutaten in der Pfanne an die Seite schieben.

Koteletts beidseitig bei starker Hitze anbraten, Hitze runter schalten und die Koteletts zu Ende braten.

Warmstellen.

Bratensatz mit Wasser und/oder dem Weißwein ablöschen. Salzen, pfeffern. Falls nötig, andicken. Über die Koteletts geben.

Dazu passen Bratkartoffeln, Zwiebelconfit und Friséesalat in Vinaigrette.

Was halten Sie von einem Weißwein vom Mas de la Dame in Les Baux dazu? Wunderbar würzig und dennoch leicht und erfrischend.

Und entfernen Sie bitte das Zwiebelconfit und diese dämlichen Oliven, bevor ich mir die Koteletts schnappe!

Oliven mag ich nicht. Ich hasse Oliven! Die sind so was von ekelig!

Und Zwiebelconfit? Das fragen Sie mich noch? Ich sage nur, hat die Frau einen an der Klatsche? Ganz ehrlich, was soll das?

Steaks vom Lamm, comme à St. Rémy

Für 4 Personen

4 - 8 Lammfilets
20 kleine Knoblauchzehen
Olivenöl
Rosmarinnadeln
Salz / Pfeffer aus der Mühle
Feigenbalsamico
etwas Akazienhonig

Die Lammsteaks in Olivenöl scharf anbraten.

Die Knoblauchzehen und Rosmarinnadeln dazu geben.

Lammsteaks nach Geschmack 2, 3 Minuten pro Seite braten. Akazienhonig dazu geben. Salzen, pfeffern. Mit Feigenbalsamico-Creme ablöschen.

Kurz bei ausgeschaltetem Herd ziehen lassen.

Dazu Kartoffelgratin und Zucchinischeiben, mit frischer Minze geschmort.

Empfehlung der Frau, ein runder Rotwein, schön harmonisch: eine Flasche Réserve de la Chapitre aus Fleurie.

Ausgesprochen süffig, aber auch sehr teuer. Also bitte sparsam trinken. Wasser soll angeblich auch den Durst löschen. Aber davon haben Sie wahrscheinlich noch nie etwas gehört.

Die Frau kannte das auch noch nicht. Oder sie hat es vergessen. Ich musste ihr erst kürzlich wieder erklären, dass man mit Wasser nicht nur duschen kann. Ich habe ihr deutlich gesagt, dass Wasser dieses klare Zeugs ist, nein kein Gin, nass und kalt, das aus dem Wasserhahn kommt. Nicht alles Trinkbare kommt aus Flaschen mit Korken.

Egal. Zurück zum Essen. Meine Empfehlung des Tages: Lassen Sie die Koteletts bitte roh für mich!

Fischfilets in Orangensoße
(aber immer noch
kein Koi aus dem Nachbargarten)
Für 4 Personen

4 Fischfilets (Red Snapper, Steinbutt,
Loup de mer, o.ä.)
1 TL Fenchelsamen
2 TL Dijonsenf
Olivenöl
Salz / Pfeffer aus der Mühle
2 EL frisch gepresster Orangensaft
175 g Butter, gewürfelt und eiskalt
einige ungespritzte Orangenscheiben

Die Fischfilets waschen und trocken tupfen.

Den Senf und den Fenchelsamen verrühren, die Filets damit auf beiden Seiten dick bestreichen. Mit dem Olivenöl beträufeln.

Unter dem vorgeheizten Grill bei 200 Grad, je nach Dicke der Filets, 8 bis 10 Minuten grillen, dabei ab und an wenden.

Orangensaft in eine Edelstahlschüssel geben, im Wasserbad erhitzen.

Vom Herd nehmen, Butterstückchen nach und nach einarbeiten, bis die Soße eine schöne cremige Konsistenz hat.

Wer mag, kann sie noch mit einem kleinen Schuss Cointreau verfeinern. Das schmeckt richtig gut. Salzen und pfeffern nicht vergessen.

Richten Sie die Fischfilets neben einem Salat aus Radicchio, Mesclun oder Frisée an.

Eine Vinaigrette rühren, großzügig über den Salat geben und mit Orangenscheiben garnieren.

Dazu passen Baguette und ein trockener Rosé. Er sollte kräftig sein, aber nicht schwer.

Ich verstehe das jetzt nicht so wirklich mit dem „schwer sein"? Was sollte mir das sagen? Bis jetzt konnte die Frau noch jede Flasche heben. Warum macht sie sich jetzt Sorgen ums Gewicht?

Die Fischfilets wiegen ja nicht viel! Die habe ich schnell vom Teller!

Ragout vom Rind (nicht von der Katze)
auf provencalische Art
Für 4 – 6 Personen

1,5 kg Rindfleisch aus der Schulter
200 g durchwachsener Speck
2 große Zwiebeln
4 Möhren
1 Bouquet garni
2 Nelken
1 Lorbeerblatt
4 Wacholderbeeren
4 Knoblauchzehen
1 Flasche kräftiger Rotwein
die Schale einer unbehandelten Orange
etwas Rinderbrühe
Olivenöl
200 g schwarze entsteinte Oliven aus Nyon
Salz / Pfeffer aus der Mühle

Das Rindfleisch in größere Würfel schneiden.
Zwiebel fein hacken, die Möhren in 1 cm dicke Scheiben schneiden. Rindfleisch mit der Zwiebel und Gewürzen in eine große Schüssel geben. Mit dem Rotwein übergießen, bis es komplett bedeckt ist. Lassen Sie es über Nacht zugedeckt und kühl marinieren.

Am nächsten Tag Fleischstücke aus der Marinade nehmen, abtropfen lassen, gut trocken tupfen.

Den durchwachsenen Speck grob würfeln, die 2. Zwiebel hacken.

Beides glasig andünsten. Die Fleischstücke dazu geben und scharf anbraten.

Marinade hinzufügen. Falls nötig, Brühe dazu geben, bis alles von der Flüssigkeit bedeckt ist.

Zugedeckt zum Kochen bringen. Dann von der Herdplatte nehmen und in den Ofen stellen.

Bei ca. 150 Grad 4 Stunden schmoren lassen. 15 Minuten vor Ende der Garzeit Oliven hinzugeben.

Das Fleisch sollte butterzart sein.

Als Beilage passen gut Tomates provencales und knuspriges Baguette.

Trinken Sie dazu einen weichen und runden Rotwein, auf gar keinen Fall sollte er zu viel Säure haben.

Noch etwas, denken Sie an meine zarten Pfoten, bitte, ich möchte sie mir nicht schon wieder mal verbrennen, lassen Sie das Fleisch daher besser abkühlen, bevor Sie es auf den Tisch stellen.

Herzlichen Dank!

Tomates provencales
für 4 Personen

6 – 8 reife, aromatische Tomaten
2 – 3 Knoblauchzehen
ein paar Zweige Thymian
mildes Olivenöl
1 Stück Parmesan

Die Tomaten in dicke Scheiben schneiden.

In eine gefettete Auflaufform geben, mit mildem Olivenöl beträufeln.

Mit gehacktem Knoblauch und dem Thymian bestreuen. Salzen und pfeffern.

Im vorgeheizten Backofen 10 Minuten bei 175 Grad garen.

Den Parmesan reiben, großzügig darüber geben. Im Ofen so lange weiter backen, bis der Parmesan eine kräftige goldbraune Farbe angenommen hat und geschmolzen ist.

Dazu ein kräftiger Rotwein vom Mas St. Berthe. Ich hoffe, Sie haben nicht vergessen, rechtzeitig ausreichend Flaschen zu reservieren.

Ansonsten sieht es schlecht aus, da haben Sie nicht die geringste Chance auf das leckere Zeug!

Meint jedenfalls die Frau.

Aber eine mehr als unverschämt gute Chance auf die Tomaten, Gemüse interessiert mich nicht!

Die Frau behauptet, es gäbe nichts, das leckerer sei. Außer vielleicht Spargel. Aber den gäbe es ja nicht immer.

Ansonsten könnte sie sich glatt in die reinlegen. In die Tomaten. Ich persönlich lege mich niemals in Tomaten.

Ich setzte mich eher in die Nesseln.

Jeder hat eben seine ganz speziellen Talente!

Tarte au chocolat
(für eine 26 cm Springform)

250 g bittere Schokolade (achten Sie auf eine gute Qualität, sie sollte mindestens 70 oder 80 Prozent Kakao-Anteil haben).
225 g Butter
90 g Zucker
4 EL Cognac
5 Eier
1 EL Weizenmehl

Die Schokolade in grobe Stücke hacken und im Wasserbad bei schwacher Hitze mit dem Zucker und der Butter schmelzen lassen. Ständig rühren, bis die Masse glatt und seidig ist.

Vom Herd nehmen, die Masse etwas abkühlen lassen. Den Cognac unterrühren.

In einer Schüssel die Eier zwei, drei Minuten lang aufschlagen. Mehl dazu geben, abgekühlte Schokoladenmischung unter mischen. Alles gut verrühren.

In eine ausgebutterte Springform geben.

25 Minuten backen, bis der Kuchen am Rand fest, aber in der Kuchenmitte noch weich und leicht flüssig ist.

Die Springform öffnen, Kuchen zum Abkühlen auf ein Gitter setzen.

Kuchen aus der Springform nehmen, auskühlen lassen, es ist dabei völlig normal, dass er in der Mitte etwas einsinkt.

Den Puderzucker durch ein Haarsieb auf den Kuchen rieseln lassen, sobald er ausgekühlt ist.

Servieren Sie Schlagsahne dazu.

Achtung, stellen sie ausreichend Sahne hin, am besten gleich in die Nähe ihrer Katzen. Dann bitte für eine Weile wegschauen. Gehen Sie doch in den Garten und rauchen sich eine.

Die rote Lola!
Kapitel 8

Also, ich verstehe es nicht!

Da sitzt dieser gestandene Kater mit all seinen 8 oder 9 kg (sehr schön gerechnet) oben auf dem Garagendach und säuert!

Der sollte doch wohl mal erwachsen werden. Okay, ja mir ist klar, was Sie sagen wollen, falls Männer jemals erwachsen werden können. Was hat der Kerl nur für Problemchen. Suhlt sich in seinem Elend, weil er seit knapp zwei Stunden kein Futter mehr hatte.

Da gibt es schlimmeres. Grausames. Wenn man geschlagen oder misshandelt wird, wenn es kein Futter gibt, man Mülltonnen durchwühlen muss. Picasso und ich hatten einen schwierigeren Start ins Leben. Nicht alles so easy going wie bei dem Kerl. Da sitzt er auf dem Dach wie ein angezickter dicker Dachhase oder wie auch immer das heißen mag. Weil er so sensibel ist, so zart! Lusche!!!

Immer Jammern! Der hat vielleicht Probleme! Jammern auf extrem hohem Niveau nenne ich das. Dass ich nicht lache! Tonto, dieses verwöhnte Weichei! Was denkt der sich nur? Was glaubt er denn, dass das Leben ein reines Zuckerschlecken ist? Mein Bruder und ich, wir wissen beide sehr gut, wie hart und grausam das Leben zu einem sein kann. Wir sind damals aus Malta hier nach Deutschland gekommen, verstört und verängstigt durch eine harte erschreckende Welt. Unsere Mutter war getötet worden von gefühllosen und abgestumpften Menschen und auch Picasso und ich hatten reichlich Blessuren.

Und unser Flug nach Düsseldorf war auch kein Spaziergang im Park. Eine fremde Wohnung, alles neu und furchteinflößend. Aber ich muss sagen, Lupita war für uns da und hat uns sehr geholfen, uns in einer fremden, sehr beängstigenden Welt einzuleben. Mit unseren schlechten Erfahrungen und der Tatsache, dass wir nicht wussten, was uns erwarten würde, waren wir mehr als sehr froh für jede Unterstützung. Danke, meine liebe Lupita!

Und dann kommt dieser Yuppie, der überhaupt keine Probleme kennt, sitzt da auf dem Dach und hadert mit dem Leben. Er faselt über die rote Lola und Lola rennt. Klar renne ich, was denn sonst, das macht ja auch Spaß! Und rote Lola? Ja, warum auch nicht? Ich kann so rot sein, wie ich will. Und ich bin gerne rot. Politisch, und vom Fell her. Ist doch mein Sache!

Okay, unseren zarten Tonto interessiert das nicht. Der hat sein wunderbares perfektes Leben in einer wunderschönen warmen Wohnung, kann auf Sesseln und seinen Sofas abhängen so oft er mag. Aber er sollte nicht vergessen, es gibt viele Menschen, die haben nicht mal mehr ein Sofa, die sitzen in unserem wohlhabenden Deutschland auf der Straße. Viele von Ihnen werden bald ihre Wohnungen nicht mehr richtig wohlig und warm heizen können, weil Gas und Heizöl unglaublich teuer geworden sind.

Ob er an die Menschen denkt, die nicht genug zum Essen haben? Die auf die Tafeln angewiesen sind? Da gibt es bereits ellenlange Wartelisten in den Städten. Würde der Kerl in einem anderen Land leben, müsste er sich warm anziehen. Na, obwohl, ein recht dickes Fell hat er ja schon.

Aber sein wir ehrlich, solange der noch Mäuse fängt und es ihm relativ gut geht, geht ihm das ja quasi am Arsch vorbei. Nach seinem Motto: „Ich sitze zwar hier auf dem Garagendach und leide, aber so lange es bei mir einigermaßen läuft, ja was gehen mich da die anderen an?"

Tolle Einstellung! Super! Wenn alle so denken würden, dann möchte ich nicht wissen, wo wir in der nächsten Zeit landen werden. Hat er sich nur ein einziges Mal das Flüchtlingselend vor Augen geführt? Verängstigte Menschen, all diese Kinder ohne Heimat und Familie! Ist der egoistisch!

So, und jetzt werde ich ihn richtig ärgern. Ich werde ihn kurz darüber informieren, dass ich bei den netten freundlichen Nachbarn gegenüber zum Abendessen eingeladen bin. Picasso auch. Die füttern uns immer gern. Weil wir so nett sind. Und etwas Besonderes. Weil wir fast wie Zwillinge sind. Wunderbare gut aussehende rote Katzen mit seidigem Fell. Elegant und geschmeidig. Das soll er uns erst mal nachmachen. Ob der immer noch glaubt, dass er mit Abstand der schönste von uns ist?

Gleich werde ich ihm erzählen, was Frauchen heute alles kochen will. Da wird er, so wie ich ihn kenne und liebe, mit Sicherheit seine „letzten" Kräfte sammeln, schnell wie ein durchgeknallter Kugelblitz vom Garagendach springen und dann versuchen, sich ins Haus zu schleichen, an der Frau vorbei, dieser dekadente Warmduscher. Wie wir wissen, einem guten Essen konnte er noch nie widerstehen.

Davon abgesehen, kann ich nur anmerken, dass wir als Frauen ohnehin die besseren Katzen sind! Anders ausgedrückt, wir würden uns niemals bei krummen Dingen erwischen lassen, die wir nicht dürfen, dazu sind wir zu schnell und zu klug. So schlau! Lerne mal etwas von uns, Du Trantüte!

Liebe Grüße, die rote Lola

P.S.: Eine kleine Diät würde Tonto auch nicht schaden. Er nennt seine Figur attraktiv männlich, ich nenne es Übergewicht.

Nur als Tipp, Katzen stehen auf durchtrainierte Körper. Six Packs. gestählte Kater und trainierte Kater. Bauch gilt bei Frauen nicht unbedingt als erotisch! Wir nennen das normaler Weise Wampe. Und jetzt komm nicht mit dem schwachsinnigen Satz, ein Mann ohne Bauch sei ein Krüppel.

Der Mann, der diesen Spruch erfunden hat, hat wohl vor lauter Bauch den Anzeiger seiner Waage nicht mehr sehen können.

Also, lass Dir was einfallen!

Was, Du hast keine Ahnung was ein Six Pack ist?

Dann schau Dir mal Ryan Phillippe an, dann weißt Du, was ich meine!

Tonto auf dem Dach!
Kapitel 9

Also, warum die blöde Ziege mich jetzt Dachhase nennt, verstehe ich nicht. Wie kann ein Hase auf das Dach kommen? Gibt es neuerdings Hasen, die fliegen können? Hallo? Was ist hier los? Habe ich etwas nicht auf die Kette bekommen? Habe ich bereits solche Mangelerscheinungen, bin ich vor lauter Hunger so verwirrt, dass ich manche Dinge nicht mehr mitbekomme? Oh mein Gott, ich muss hier schnellstens runter, sonst schaff ich das nie mehr.

Ich glaube, ich kann hören, dass die Frau den Kühlschrank öffnet, also kocht sie wirklich etwas. Ich muss sofort ins Haus zurück, ohne dass sie es bemerkt.

Blöd, Lola und Picasso kann ich heute nicht zur Ablenkung vorschieben, die sind vor 10 Minuten rüber zu unserem Nachbarn gegangen. Was die da wohl leckeres bekommen? Mist, Mist, Mist, und nochmals Mist, wie in aller Welt, kann ich die Frau bloß ablenken? Wenn mir jetzt der kleinste Fehler unterläuft, bin ich wirklich am Arsch. Die Frau hat noch diesen komischen und eigenartigen Gesichtsausdruck.

Wenn ich der heute noch einmal in die Quere komme, gibt die mich zur Adoption frei. Wenn es ganz übel kommen sollte, wahrscheinlich noch an Vegetarier oder schlimmer, der absolute Abgrund der schlechten Ernährung, an Veganer.

Hilfe, ich glaube nicht, dass ich hier weg will, selbst als Dekokater lebt man hier verdammt gut.

Und man hört Schauergeschichten von Kollegen in der Nachbarschaft.

Ja, es gibt Kollegen, die nicht in ihr Haus oder auf die Sofas und Sessel dürfen. Sondern in einem Schuppen leben müssen, nicht mal in einem Bett schlafen dürfen. Kollegen, die tatsächlich auf dem Boden schlafen müssen, in Katzenkörbchen. Was? Katzenkörbchen? Hallo??? Was soll das? Das ist so demütigend! Was sind das für Zustände? Kennen diese ignoranten Menschen nicht den Ausdruck „Alles für die Katz"? Der ist wörtlich zu nehmen!

Jetzt packt die Frau etwas aus, das aussieht wie ein leckerer reifer Käse. Und, ich glaube es nicht, ist das etwa Kaninchen? Hat Lola das gewusst und deshalb die ganze Zeit über von einem Dachhasen gesprochen?

Nein, nein, und nochmals nein! Ich kann kaum glauben, was ich in der Küche sehe. Was sie da auf die Kuchenplatte stellt. Ist das ihr Käsekuchen???
Mein absoluter liebster Lieblingskäsekuchen?

Dieser wunderbare saftige und cremige Kuchen nach dem Rezept ihrer Tante Gertrud! Wann hat sie den denn gebacken? Ich muss sofort ins Haus. Jetzt! Unbedingt. Auf der Stelle! Vielleicht sollte ich einen auf Mitleid erregend machen. Humpeln, ein zartes, sehr zaghaftes Miauen, vielleicht auch kurz vor Schwäche umfallen. Passen würde es, es wundert mich sehr, dass ich mich noch immer auf den Pfoten halten kann. Mitleid soll bei Frauen gut ankommen, das sagt man ja nicht umsonst.

Sie lieben es, sich zu kümmern, möchten gerne gebraucht werden. Wenn man einen auf hilflos macht, dann können sie das. Wenn Männer es mit dieser Schiene versuchen, soll es wirken, nach dem immer wieder gerne genommenen Motto: „Schatz, ehrlich, ich hab versucht, das Hemd zu bügeln, aber da sind immer noch böse Falten drin!" Dann ein herzzerreißender Dackelblick.

Das verstehe ich nicht, wer mag schon Dackel? Die haben kurze krumme Beine! Aber die meisten Frauen, habe ich mir sagen lassen, sollen dann quasi dahin schmelzen.

Ob ich das auch versuche? Ich brauche Hilfe, ich kann mir keinen einzigen Fehler mehr leisten. Ich hasse es, aber ich glaube, ich muss Lola um Rat fragen. Sie als Katze sollte die Frau doch bestens kennen. Und falls ich Glück habe, hat der Nachbar auch noch eine Kleinigkeit zu essen für mich. Die Roten müssen nicht unbedingt alles bekommen. Unter Umständen hat er für mich ein paar Dosen Katzenfutter, zwei, drei große Futternäpfe mit Brekkies, Leberwurst, eventuell ein schönes rohes Rinderfilet oder sogar Sahne.

Mäuse fangen geht gar nicht, zum Mäuse fangen bin ich heute viel zu schwach.

Ich schlepp mich dann mal rüber, Tonto!

Gemischter Salat
aus Birnen, Trauben und Ziegenkäse
Für 4 Personen

200 g Rucola oder gemischter Blattsalat,
z.B. Frisée, Eichblatt, Lollo Rosso
250 g süße blaue Trauben
3 reife Birnen
4 kleine Ziegenfrischkäse (Picandou)
Walnüsse
Lavendelhonig
kleine Rosmarinzweige
Olivenöl
Feigenbalsamico
Salz / Pfeffer aus der Mühle

Geben Sie die Ziegenfrischkäse in 4 feuerfeste Förmchen, beträufeln Sie sie mit ein wenig Honig und Olivenöl.

Im auf 180 Grad vorgeheizten Ofen 10 Minuten backen.

Den Salat waschen und trocken schleudern.

Trauben und Birnen halbieren, Birnen schälen, das Kerngehäuse entfernen.

Schneiden Sie die Birnen in schmale Streifen.

Die Walnüsse grob hacken. Ein paar Walnüsse und Trauben für die Dekoration ganz lassen.

Salat auf die vier Teller verteilen.

Die Birnenstreifen, den warmen Ziegenkäse und die halbierten Trauben und den Salat geben.

Die vier Teller mit Rosmarin dekorieren.

Die Soße aus dem Olivenöl, Lavendelhonig, dem Balsamico, dem Salz und Pfeffer darüber geben.

Dekorieren Sie den Salat noch mit Trauben und Walnusshälften.

Dazu ein junger Weißwein von der Domaine de Millet. Er passt wunderbar, denn er ist frisch und fruchtig, aber dennoch trocken. Mit einen feinen Anklang von Birne und Heu, behauptet die Frau, was auch immer das heißen mag.

Ob ich ein Weinseminar besuchen sollte? Bei den Fachbegriffen, mit denen die Frau um sich wirft, klingeln mir die Ohren.

Kaninchen in Pflaumen/Rotweinsoße
Für 4 Personen

1 Kaninchen
250 g Trockenpflaumen
1 Flasche trockener Rotwein
1 Prise Zimt
etwas Kreuzkümmel
Salz / Pfeffer aus der Mühle
Olivenöl

Das Kaninchen portionieren. Waschen, trocken tupfen. Pflaumen mit den Gewürzen im Rotwein einlegen. Kaninchenteile hinzugeben.

Über Nacht zugedeckt im Kühlschrank ziehen lassen. Am nächsten Tag Fleisch aus dem Rotwein nehmen und gut trocken tupfen.

In einen Bräter geben und in Olivenöl schön braun anbraten. Den Rotwein hinzugeben und bei mittlerer Hitze köcheln lassen.

Nach 40 Minuten die Hälfte der Pflaumen dazu geben. Den Rest 30 Minuten später.

Sehr lecker sind gestiftete oder in hauchdünne Scheiben geschnittene Möhren dazu.

Sie sollten in Olivenöl mit frischem Ingwer und Honig gebraten werden.

Dazu passt Polenta, aber selber gemachte und nicht eine fertige Mischung aus der Packung. Die schmeckt meistens nach frischer Pappe.

Was wir, also Sie, dazu trinken? Einen kräftigen trockenen Rotwein von der Domaine d' Eole.

Da ich absolut keine Lust habe, ständig mühselig das häufig viel zu heiße Fleisch von den Knochen zu rupfen, machen Sie mir mein Kaninchen doch bitte gleich servierfertig.

Einen Teller brauche nicht, Sie können mir das Kaninchenfleisch gleich vor die Küchentür legen.

Bloß keine Umstände meinetwegen!

Und hinterher putzen müssen Sie auch nicht, da bleibt nicht das kleinste Fitzelchen über.

Käsekuchen
(für eine 28 cm Springform)

250 g Butter
6 Eier
400 g Zucker
Saft einer kleinen Zitrone oder die
abgeriebene Schale einer Bio-Orange.
2 Pfund Quark
80 g Grieß
½ Päckchen Backpulver

Den Quark in ein Sieb geben, abtropfen lassen.

Eier trennen, Eigelbe zusammen mit Butter und Zucker schaumig rühren.

Zitronensaft oder Orangenschale dazu geben. Den abgetropften Quark, Grieß und zum Schluss das Backpulver hinzugeben.

Eischnee steif schlagen, sodass sie schnittfest sind. In Portionen nach und nach der Quarkmasse hinzufügen. Nicht zu heftig rühren

Käsekuchenteig in eine Springform füllen.

60 Minuten bei 175 Grad im Ofen backen. Bitte keine Umluft! Im Ofen auskühlen lassen.

Zum Käsekuchen passt außer Kaffee auch gut ein Limoncello. Sollten Sie die Orangenvariante bevorzugen, schmeckt ein Orangenwein von der Distillerie Janot in Aubagne.

Die Frau meinte, ihr gefalle die Orangenvariante am besten. Die schmecke einfach noch fruchtiger.

Immer dieser überflüssige Quatsch. Käsekuchen ist Käsekuchen und bleibt Käsekuchen. Was soll da der ganze Killefit? Nein, nochmals nein, ich meine nicht Killepitsch. Sie haben schon richtig gelesen.

Das Wort kennen Sie nicht? Was? Beide? Ja wo leben Sie denn? Sie kommen dann ja wohl nicht aus Düsseldorf? Killepitsch kennt da jedes Kind. Das ist ein Kräuterlikör. Muss man nicht mögen. Die Düsseldorfer mögen auch keine Kölner. Und ich keine Franzosen. Und Killefit? Warum sehen Sie nicht mal im Wörterbuch Ruhrpott-Deutsch für Anfänger nach! Ich kann Ihnen ja nicht immer alles erklären.

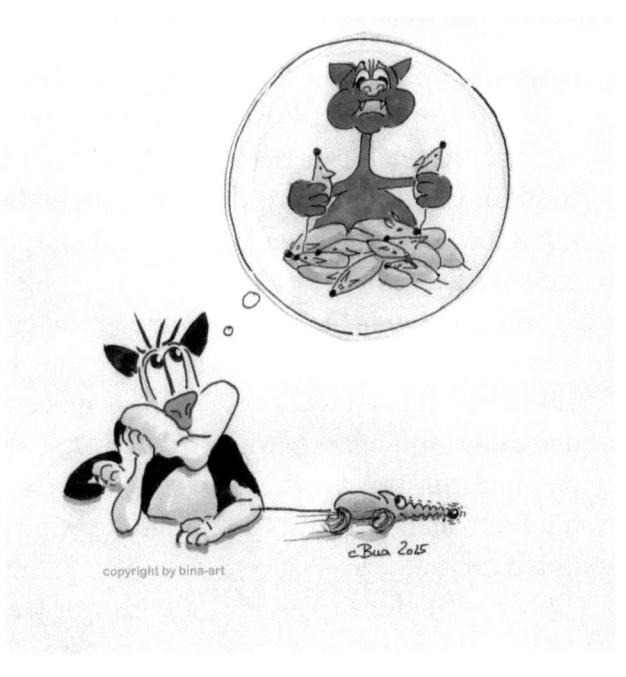

Energieknappheit & Existenzängste
Kapitel 10

Also, es war schon gut, dass ich Lola doch noch mal gefragt habe, wie das so ist mit Frauen und der Mitleidstour. War nicht unbedingt ein Erfolg. Vor lauter Lachen ist sie fast vom Stuhl gefallen. Konnte kaum einen Bissen essen. Das war mein großes Glück, meine Chance, ihr etwas von ihrem Futter wegschnappen.

Und das schmeckte noch nicht mal. Hat unser Nachbar denn keinen Geschmack? Ich befürchte, das war eine Billigmarke! Irgendwas mit Kabeljau und ich weiß nicht sonst was, hab ich aber schon in besser gegessen.

Die Frau macht Kabeljau immer in einer leichten Senfsoße. Wenn ich schnell genug bin, erwische ich noch was vom Fisch, bevor sie mit der Soße anfängt. Quasi Fast Food. Kabeljau pur und roh sozusagen. Und keine verwässerten Häppchen in Gelee. Feinschmecker sind die Roten nicht.

Aber wie heißt es so schön, der Hunger treibt es rein. Muss ja wohl so sein, denn sonst wären viele Restaurants und auch Imbissbuden längst pleite, bei dem, was sie anbieten. Lecker ist was anderes. Hilfe, mein geschwächter Körper bräuchte jetzt dringend Nahrung. Und ich friere so.

Obwohl die Sonne strahlend am blauen Himmel hängt. Muss der Energiemangel sein. Und

Energie ist wichtig, aber bezahlbar sollte sie sein. Erklärt die Frau immer wieder gerne. Aber mittlerweile sei sie unfassbar teuer geworden, so dass sie sich viele Menschen fast nicht mehr leisten könnten. Die Energiekonzerne ließen sich den Ausstieg aus der Atomenergie teuer bezahlen, sie ließen dafür die Verbraucher bluten und hielten die Energiepreise absichtlich künstlich hoch.

Ich versteh das wohl nicht richtig! Mäuse geben doch auch Energie und sie kosten nichts.

Allerdings, wenn jemand mit meinen Mäusen spekulieren würde, das wäre schon ein heftiges Ding. Das ist aber nicht nur beim Rohöl, sondern heutzutage auch bei Lebensmitteln der Fall. Die Aasgeier an der Börse spekulierten nicht nur mit Mais oder Weizen, sondern mittlerweile sogar mit Wasser, das ein skrupelloser Schweizer Konzern privatisieren will. Die Frau meint, wenn man ein Lebensmittel kontrollieren kann, wird dieses gern künstlich knapp gehalten.

Somit steigen die Preise und das nennt sich freie Marktwirtschaft oder ähnlich.

Räuberkapitalismus nennt es die Frau. Und so wird dann Strom immer teurer und teurer. Dies gilt ebenso dann auch für Benzin, Heizöl und Gas. All das koste immer mehr. Diese exorbitanten Preise bedeuteten für viele Menschen finanzielle Engpässe. Manchmal gingen die Preise auch für ganz kurze Zeit runter, aus politischen Gründen, aber das sei Augenwischerei, teuer sei und bliebe nun mal teuer.

Die Konzerne und die Spekulanten an der Börse machten auf diese Weise ihre fetten Profite, das Gemeinwohl interessiere nicht, läge ihnen nicht am Herzen. Nur Gewinne und Geld zu machen sei bei ihnen oberste Priorität.

Nestlé sei da mit Abstand das beste Beispiel. Das Grundwasser privatisieren zu wollen, sei heftig. Es sei gewissenlos, fast schon kriminell. Aber wen kümmert es? Nestlé tut es ja bereits in Afrika.

Das ist ungeheuerlich. Führen Sie sich das bitte mal vor Augen, da fahren bis oben hin mit Wasser beladene Tankwagen über ausgetrocknete Pisten. Vorbei an verzweifelten Menschen, die aus purer Not Schmutzwasser trinken, um nicht verdursten zu müssen.

Mal abgesehen davon, dass sie ihre Felder nicht mehr bewässern können.

Und der Konzernchef von Nestle? Der Herr, der vollmundig verkündete, es gäbe kein Grundrecht auf Wasser, sagt wahrscheinlich frei nach Marie Antoinette: „Wenn Sie kein-

Wasser haben, sollen sie doch Champagner trinken."

Was ist das ein widerliches Pack! Gewissenlos und profitgeil. Kein Mitgefühl, ohne Moral, ohne nur einen Hauch von Scham oder das geringste Schuldbewusstsein. Bäh, pfuiiiiii!

Diesen Gangsterkater von gegenüber scheint das Gemeinwohl ebenfalls nicht im Geringsten zu kümmern, diesen unfreundlichen, dicken, extrem hässlichen Kerl, der mich ständig so schräg von der Seite anmacht. Wenn ich darüber nachdenke, in den letzten Tagen habe ich im Garten weniger Mäuse als sonst gesehen. Ob der Mäuse, und zwar meine Mäuse hortet, um hier in unserem Viertel eine künstliche Mäuseknappheit herbeizuführen?

Falls es so sein sollte, was bedeutet das dann für mich? Probleme? Hungersnot? Existenzkämpfe? Will der mich herausfordern?

Aber das ist jetzt nicht das Thema. Nichts hat sich geändert. Dummerweise bin ich immer noch im Exil. Und laut Lola gibt es im Moment nicht die geringste Chance auf Verzeihen, Verständnis und Begnadigung. Die Mitleidstour? Nöh! Jamais! Im Leben nicht! Lola ist sich sicher, bei den Frauen von heute zöge das nicht. Und bei DER FRAU erst recht nicht. Aber ich friere so!

Ich hoffe, ich überstehe das alles ohne schwere gesundheitliche Schäden.

Tonto, fast schon am Ende!

Kabeljau in Senfsoße
Sie brauchen für 4 Personen

4 Kabeljausteaks
geschmolzene Butter
Salz / Pfeffer aus der Mühle
4 EL Dijonsenf
1 Prise Zucker
300 ml Crème fraîche
1 EL weißer Balsamico

Waschen Sie den Kabeljau, tupfen Sie ihn trocken.

Salzen und pfeffern

In eine Grillpfanne geben, die obere Seite mit der geschmolzenen Butter bestreichen.

Den Kabeljau ca. 4 - 5 Minuten pro Seite braten. Dabei mit der geschmolzenen Butter bestreichen.

Parallel dazu die Soßenzutaten unter ständigem Rühren zum Kochen bringen. Köcheln lassen, bis die Soße angedickt ist.

Kabeljau auf vorgewärmte Teller geben und mit der Soße übergießen.

Dazu schmecken in etwas Butter geschwenkte Salzkartoffeln und Friséesalat

Nicht zu vergessen, ein netter Weißwein, zum Beispiel ein trockener erfrischender Sancerre.

Wobei, ich oute mich ungern als unwissend. Aber jetzt muss ich doch einmal fragen, warum spricht man von trockenem Wein? Wein ist schließlich kein Pulver, so wie Instant Kaffee, auf das man Wasser schüttet. Wein ist von selber nass. Also, was soll das?

Und er muss auch nass sein. Man sagt, Fisch soll im Magen schwimmen. Ja klar doch, in meinem. Gerne auch ohne Wein!

P.S.: Ich nehme doch richtig an, dass Ihnen die Kartoffeln und der Salat reichen. Oder???

Fisch ist ohnehin völlig über bewertet.

Hunde mit Mundgeruch!
Kapitel 11

Also, im Moment scheint es so, als hätte ich einmal richtig Glück gehabt.

Die Frau hat Besuch bekommen. Das hatte ich fast komplett vergessen. Gute Kunden von ihr. Das macht sie öfters. Kunden zum Essen einladen. Sie sagt, dann sei die Atmosphäre viel lockerer und entspannter und man könne alles viel besser besprechen. Das macht sie nicht bei jedem. Nur bei denen, die sie gerne mag.

Geld ist nämlich nicht alles, sagt sie. Klar, und Schweine können fliegen. Anyway, sie meint, das Arbeiten für Menschen, die man mag, mache so viel mehr Spaß. Davon abgesehen, habe sie nicht die geringste Lust, berufliches und privates groß zu trennen.

Egal, deswegen hat sie den ganzen Nachmittag geputzt, gekocht und gebacken.

Was für ein Glück ich habe. Diese Kunden haben ihren blöden unausstehlichen Köter mitgebracht. Meinen Erzfeind! Ein dekadentes Teil mit echtem Stammbaum. Alter Hundeadel. Hugo von ich weiß nicht was, eine unglaublich fette herzzerreißend hässliche Bulldogge, von edelster französischer Abstammung.

Hatte ich es erwähnt? Ich mag keine Franzosen. Franzosen sind doof! Und ganz besonders mag ich keine französischen Hunde. Allein die Sprache!

Französische Katzen kenne ich nicht, zu denen möchte ich nichts sagen. Die Frau ist da so was von total anders in dieser Hinsicht. Die mag alles, wirklich alles, was aus diesem Frankreich kommt. Französische Küche, diese unverständliche und so eigenartig klingende Sprache, und natürlich, was auch sonst, Franzosen. Besonders Südfranzosen!

Dennoch gib es 2, 3 Dinge, die selbst sie zum Übergeben bringen. Die Reihenfolge ist beliebig. Marine Le Pen, Tripes à la Mode de Caen (Kutteln). Gésier. noch abschreckender als Marine Le Pen. Gésier ist der Kaumagen der Kuh. Das Zeug sieht aus wie gewelltes Plastik aus einem frisch ausgespuckten Gebiss. Unglaublich, schreckt aber niemanden ab. Franzosen essen so was! Wie ekelig! Wie kann man nur.

Aber zurück zu diesem Hund. Der Kerl trieft aus den Augen, hat grauenhaften Mundgeruch und er furzt auch noch völlig ungeniert. Ich verstehe es nicht. Das soll das legendäre französische Savoir Vivre sein, von dem die Frau, ach was, die ganze Welt, so schwärmt? Dieser Kerl stinkt schlimmer als ein altes Paar Socken! Schon seit Jahrzehnten getragen und ebenso lange ungewaschen!

Stil geht für mich anders. Katzen haben Kultur und Anmut bereits im Erbgut. Wir stinken nicht! Katzen duften gut. Wir verströmen einen zarten Hauch von Vanille. Okay, und ab und zu duften wir ein kleines bisschen nach Maus.

Aber das ist etwas ganz anderes.

Um auf die Hunde zurück zu kommen, ich muss zugeben, es gibt da ein paar recht angenehme Exemplare.

Die Frau kennt eine sympathische ältere Dame mit einem Hund, völlig ohne Stammbaum, eine Promenadenmischung. Aber eins muss ich sagen, durchaus mit Charakter und Respekt vor Katzen. Heißt Fritz-Wilhelm, ein bodenständiger Name, nicht so abgehoben wie dieser durchgeknallte Hugo de la Tralala. Der weiß sehr genau, wo es langgeht und wer Herr im Haus ist. Der Gute lebt schließlich auch mit 6 Katzen zusammen.

Oh ja, da lernt man viel. Er konnte sich wirklich so einiges von unserem natürlichen, angeborenen Stil abgucken.

Einige komische Angewohnheiten hat er schon, aber das kann ich ihm durchgehen lassen, selbst wenn ich beim besten Willen nicht verstehe, wie ein großer, erwachsener Hund Spaß daran haben kann, stundenlang doofe Bälle durch die Gegend geworfen zu bekommen. Da rennt er dann wie ein Blöder hinterher und bringt sie wieder zurück. Hat der nichts Besseres zu tun?

Fangen Hunde eigentlich keine Mäuse oder was anderes? Ach? Briefträger? Interessant!

Und schon sind wir beim Punkt. Fritz- Wilhelm weiß, Pfoten weg von Katzen und von unserem Futter, ansonsten fette Beule. Hugo oder wie die französische Trantüte sich lieber nennt, Üugoh, Betonung auf dem Üüüüü und dem OoooH, hat nicht die aller geringste Ahnung von Katzen und hat sogar einmal versucht, mich zu beißen.

Da fragen Sie noch? Ja, was glauben Sie denn? Natürlich hat er den Kürzeren gezogen, was auch sonst, und sich eine blutige Nase eingefangen, aber das will ich jetzt nicht an die große Glocke hängen.

Wie kann man nur so dumm sein, sich mit mir anlegen zu wollen, das bringt wohl nur ein blöder völlig verfetteter Franzose fertig.

Wie gesagt, nach all den langen Stunden im Exil, und ohne Futter (den kleinen Snack beim Nachbarn hat die Frau nicht mitgeschnitten), bin ich so was von entkräftet und geschwächt, dass ich mich kaum noch wehren könnte, falls dieser Drecksack die Idee hätte, sich auf mich stürzen zu wollen. Daher gehe ich jetzt mal voll auf Risiko und werde dem Kerl erzählen, was ich von ihm und im Großen und Ganzen von diesem blöden französischen Hundeadel halte.

Alles Luschen, dekadent und degeneriert.

Generationen von Inzucht, Dekadenz, blutleer, kraftlos, verdummt, infantil. Schwache Knochen, klappernde Gerippe (Hündinnen, weil es très chic ist, magersüchtig zu sein) oder verfettet, und fast bewegungsunfähig und schwer atmend wie der liebreizende Hugo (fehlende Selbstkontrolle).

Das würde mir nicht passieren! Ich esse gezielt und äußerst konzentriert. Nur einmal täglich eine kleine Mahlzeit von 24 Stunden. Das reicht. Aber wenn ich mir diese Franzosen ansehe, die essen Froschschenkel!!! Und Schnecken!

Dann werde ich die Sache minimal forcieren, ordentlich heftig mit dem Schwanz wedeln, um ihn gekonnt und mit Eleganz vor die Wand rennen zu lassen. Wieso? Weil ich es kann!

Mit einem sanftem Lächeln auf den Lippen! Dann verliert dieser Idiot nämlich komplett die Beherrschung oder seine Contenance, wie die Franzosen es nennen und stürzt sich volle Kanne auf mich. Das klappt immer.

Die Frau wird große Angst um mich haben, mich bemitleiden und mich auf der Stelle in Sicherheit bringen wollen und schon bin ich im Haus.

Achtung, Üugoh, ATTACKE!

Tonto, diesmal ohne Maus!

copyright by bina-art

Der Käsekuchencoup!
Kapitel 12

Also, das muss ich jetzt mal sagen, ich bin einfach phantastisch. Ja, stellen Sie sich das vor, obwohl ich schon kurz vor dem Hungertod stand. Genial! Großartig! Gut, so unglaublich gut. Und so stilvoll dabei. Diese lässige Eleganz!

Sie hätten es sehen müssen, wie ich Üugoh, den fetten alten Trottel, vorgeführt habe. Picasso und Lola, selbst Lupita, haben bei dieser Vorführung andachtsvoll auf dem Garagendach gesessen, um sich nicht das aller kleinste Detail entgehen zu lassen. Das war filmreif. Und so was von einfach. Ich sollte nach Hollywood gehen. Ich sag ja nicht umsonst immer: „Drama, Baby!"

Ich musste mich erst in sein Blickfeld bringen. Ab und an betont unauffällig und lässig, aber schwach, am Tisch im Garten vorbei schlendern, damit er meinen Geruch, nein Duft, richtig gut in seine Nase bekam. Durfte mich dabei allerdings nicht von der Frau erwischen lassen.

Noch einige Mal sehr, wirklich sehr geschwächt und unschuldig gucken. Dann noch ein leichtes zaghaftes, vorsichtiges Wedeln mit dem Schwanz. Was habe ich damit zu tun, wenn der stinkende Clochard auf die Idee kommt, ich würde mich freuen, ihn zu sehen.

Hat der noch nicht kapiert, das Schwanzwedeln bei Katzen Alarmstufe ROT bedeutet? Ich sag ja, dieser dämliche Franzose kriegt überhaupt nichts mehr mit. Kapiert der denn nichts? In der freien Wildbahn, davon bin ich überzeugt, könnte der keine zwei Stunden überleben. Ach was, keine zehn Minuten!

Ab ging die Post. Und ich habe es genossen. Ich hab ihm noch so einiges über ein Volk, das Schnecken, Austern, sogar Frösche isst, erzählt. Igitt, wie kann man auch nur, die sind so was von eklig. Mit denen kann man nicht mal spielen, wie hier bei uns im Garten mit den leckeren Mäusen. Schon war es bei Hugo und mit seiner Haltung (Contenance) vorbei.

Selbstbeherrschung kenne ich anders.

Jedenfalls, der Typ hört, was ich ihm zu säusele, ist in seiner Überheblichkeit gekränkt und will mich tatsächlich jagen. Dumm, ausgesprochen dumm gelaufen.

Erstens bin ich schneller und zweitens hatte er vergessen, dass er noch immer angeleint war. Am Stuhlbein. Der liebe Hugo gibt also Vollgas, oder wie auch immer man es nennen möchte, wenn eine Dampfwalze sich in Bewegung setzt, der Stuhl kippt um, er versucht mit der Leine am Stuhl weiter zu rennen. Sagen wir es so, dumpfe Kraft gegen natürliche überlegene Intelligenz. Ist ja klar, dass er den kleinen Beistelltisch umkippt, auf dem der Käsekuchen steht.

Die Frau stürzt sich auf mich, der ich entkräftet auf dem Rasen liege, um mich vor diesem bösen fiesen Hund zu retten. Ihre Gäste schmeißen sich auf Hugo, um den blöden Köter, den Kuchen, ihre Ehre oder was auch zu retten. Der dämliche Hund reißt wie von Sinnen und außer Kontrolle weiter an seiner Hundeleine aus Metall, bis die Leine reißt.

Sieht in dem Moment Lola, Lupita und Picasso auf unserem Garagendach, die sich vor Lachen die Bäuche halten und versucht in seiner Wut auf das Dach zu springen, um sie zu jagen. Vergisst aber, dass Hunde nicht fliegen können, nicht bei dieser Masse. Da hebt auch kein Flugzeug ab. Jedenfalls legt er eine üble Bauchlandung hin. Autsch, ich befürchte, das hat so richtig wehgetan.

Ja, was soll ich noch sagen, in dem ganzen Chaos hat die Frau mich dann vergessen, denn der arme Hund musste beruhigt und getröstet werden und auf körperliche und seelische Schäden untersucht werden.

Kunden gehen halt vor. Ist klar! Aber das sollte nicht mein Schaden sein. In der Zeit habe ich es geschafft, mir lässig und unauffällig ein schönes großes Stück dieses wunderbar saftigen cremigen Käsekuchens rein zu ziehen. Lupita, Lola und Picasso übrigens auch.

Die Frau und ihre Kunden hatten als Ersatz für den Nachtisch recht trockene Kekse.

Und an diesem Abend hatten auch die Mäuse mal Glück. Ich war so satt, auf Maus hatte ich nun wirklich keinen großen Appetit mehr. Und nach etwas Süßem soll man die Mahlzeit beenden.

Nach einer Ewigkeit der Entbehrungen und des Hungerns bin ich jetzt wieder relativ zufrieden. Mit mir im Reinen und wieder im Haus. Hab die Wäscheschranktür aufbekommen und liege direkt hinter einem Handtuchstapel versteckt, auf dem blassgelben kühlen Lieblingssatinlaken der Frau, damit die meinen Käsekuchenbart nicht sieht.

Sollen die Anderen doch mal Ärger kriegen. Ich bin unschuldig. Wie immer! Wieso auch nicht? Wobei, vielleicht sollte ich doch besser vorsorgen und sicherheitshalber ein paar Haare von Lola oder Lupita auf den Laken und den Handtüchern drapieren. Schadet bestimmt nicht.

Tonto, der Heilige unter allen Katzen der Welt! Heiliger geht nicht.

Katzen, Hunde und die Obrigkeit!
Kapitel 13

Also, ich muss noch mal auf das Thema Katzen und Hunde zurückkommen. Wie gesagt, ich habe nichts gegen Hunde.

Der liebe Fritz-Wilhelm ist das beste Beispiel. Der ist ja relativ häufig bei uns. Passt sich gut an. Ein paar Häuser weiter gibt es eine ganz reizende Pudeldame, sehr charmant, stört mich überhaupt nicht. Die hat mir sogar schon mal was von ihren Luxus-Hundekeksen angeboten.

Die fand ich etwas zu trocken, normaler Weise bevorzuge ich etwas saftigeres Gebäck, so wie den Käsekuchen oder den Nusskuchen der Frau. Der ist nicht mal so übel, ab und an braucht selbst ein Kater wie ich was Süßes.

Ja ich weiß, Hunde. Wir reden von Hunden. Bei uns auf der Straße gibt es in der Nachbarschaft noch ein Mopsgeschwisterpaar. Ein wenig zu sehr aufeinander bezogen, aber durchaus annehmbar und der Schäferhund in der Nebenstraße ist auch ein guter Kumpel von mir. Ab und an teilen wir uns einen schönen saftigen Knochen, aber was uns außerordentlich stark verbindet, ist unsere tiefe Abneigung gegen den Typen, der in unserer Straße als Dorfsheriff auftritt.

Ich kenne diese Rasse nicht, aber mein Freund Rufus, der Schäferhund, nimmt an, der sei eine üble Mischung aus Kampfdackel Waldi und einer fies stinkenden räudigen Kanalratte, so absolut unangenehm wie der sich aufführe. Unser Sheriff will alles und jeden reglementieren, anraunzen und kontrollieren. Wozu?

Das sollte man langsam wissen! Wir machen so oder so immer was wir wollen, wir Katzen. Hunde sind da anders gestrickt, die lassen sich erziehen. Sie gehorchen tatsächlich gerne, hören auf das, was die Menschen ihnen sagen. Sitz, Fifi! Platz, Fifi! Ab ins Körbchen, Fifi! Sie müssen sogar an eine ekelige Leine. Unfassbar! Das ist wirklich ein Hundeleben! Wie kann man so etwas Würdeloses nur mit sich machen lassen?

Katzen, besonders Kater wie ich, sind komplett anders. Wild und stark! Freiheitsliebend und sehr anmutig! Geschmeidig und schön. Wir streifen nicht nur bei Tag, sondern auch in der tiefsten und dunkelsten Nacht durch den gefährlichen, dichten, undurchdringlichen Dschungel unserer Hintergärten. Ständig auf der Suche nach Mäusen und Abenteuern, zumindest so lange es uns in den Kram passt. Wenn wir müde werden oder es mal eine Spur zu abenteuerlich wird, gehen wir nach Hause, und schauen mal, was es Leckeres in der Küche gibt.

Apropos, vor einigen Tagen hatte die Frau eine köstliche Lammkeule mit Zitronenscheiben und Oliven, Schafskäse, Weißwein und Thymian im Ofen.

Den köstlichen Lammknochen haben Lola, Picasso und ich im Teamwork in einem unbeobachteten Moment in den Garten gezerrt. Eine nette Appetit anregende Zwischenmahlzeit für uns drei.

Lupita steht mehr auf Sheba oder wie das Zeug heißt. Am liebsten genauso wie in der Werbung mit Petersilie und leiser Musik von Vivaldi! Oder was für eine Musik das auch sein mag! Dekadent! Lupita sieht das anders, sie behauptet, das sei ein Zeichen von Klasse!

Aber ich schweife ab.

Wir Katzen checken, ob unser Lieblingsplatz auf dem teuren und neuen grauen Ledersofa frei ist. Da können wir es uns sehr gemütlich machen, schön dösen und, wenn uns niemand beobachtet, auch mal ganz ungeniert unsere Krallen wetzen.

Kletterbäume waren gestern, Designersofas sind heute. Weil wir es uns wert sind!!!

Wird der Hund auf dem Sofa erwischt, zieht er den Schwanz ein und trollt sich in sein Körbchen. Rufus sagt, viele Hunde seien obrigkeitshörig, wie auch so viele Menschen. Auch sie brauchten ihre festen Regeln, wollten immer wissen, wo es langgeht. Wollten Sicherheit.

Die einzige Sicherheit, die Kater, besonders aber Kater wie ich, brauchen, ist dass der Dosenöffner funktioniert! Immer! Jederzeit! Ob am Tag oder in der Nacht!. Bereits Benjamin Franklin wusste, nur zwei Dinge im Leben sind wirklich sicher. Der Tod und unsere Steuern. Anders ausgedrückt, wer die Freiheit aufgibt, um Sicherheit zu erlangen, der wird am Ende beides verlieren. Kluger Mann!

Wenn unser Dorfsheriff tatsächlich ein armes unterdrücktes Schwein ist und nicht mal selbst bestimmen kann, ob er auf dem Sofa liegen darf, ja, dann muss er seinen großen Frust durch seine Kontrollsucht kompensieren und will uns allen erzählen, was wir dürfen oder auch nicht. Das ist doch armselig! Aber wie heißt es so schön: Jedem das Seine!

Aber jetzt Klartext! Wenn ich mir vorstelle, mir will jemand vorschreiben, wie viele Mäuse ich pro Tag essen darf, na, da lach ich doch!

Andererseits, als die Frau letztens ihre Mädels da hatte, habe ich ein Gespräch in der Küche mitgehört. Mehr zufällig, denn eigentlich lag ich auf der Lauer, um mir etwas Käse zu schnappen. Ich spioniere doch nicht! Worum es ging? Die ewige, staatliche Einmischung. Rauchverbot in Kneipen, ein alter Hut. So fängt es in ihren Diskussionen immer wieder an. Obwohl die Frau und ihre Freundinnen einen heiligen Eid, falls nötig auch zwei, darauf schwören, nicht zu rauchen, auch nicht heimlich. Vielleicht mal eine Zigarre.

Dennoch! Raucher, Nichtraucher, alle in dieser Runde sagen, das Verbot sei eine Form staatlicher Einmischung und Kontrolle, die viel zu weit gehe. Jeder solle selber entscheiden können, was er tue oder nicht. Die Frau behauptet ständig und gerne, jedes Kleinkind wisse mittlerweile, dass Rauchen ungesund sei. Dennoch, man müsse selber wissen, was man seinem Körper zumuten wolle.

So geht es endlos weiter. Bla, bla, bla! Was käme als nächstes? Alkoholverbot? Das erneute Verbot von Rohmilchkäse? Das gab es in Deutschland in den sechziger oder siebziger Jahren. Der galt als lebensgefährlich. Gut, nicht lebensgefährlich, ich weiß, ich neige immer wieder zu Übertreibungen, aber als ungesund. Böse Killerbakterien. Und er stank. Ein Unding im spießigen bürgerlichen Deutschland jener Zeit. Aber was die Girlies noch mehr beunruhigt und für sie noch schrecklicher wäre, das nackte Grauen, eine Gewichtskontrolle, weil

Übergewicht angeblich ungesund sei. Aber deren Gewichtsprobleme sind hausgemacht. Beim Essen achteten sie auf ihr Gewicht, beim Alkohol leben sie nach dem Motto: Das bisschen, das ich esse, kann ich besser gleich trinken. Kalorien im Alkohol zählen bei ihnen nicht oder glauben sie, dass die schlank machen?

Die Frau sagt, es gäbe unendlich viel Dinge auf der Welt, die schädlicher und gefährlicher seien, und die man schleunigst kontrollieren solle, statt sie zu ignorieren. Kinderarbeit, Menschenhandel, Plastikmüll, Bienensterben, illegale Verklappung von Öl auf den Meeren oder die Abholzung des Regenwaldes. Die ganze Umweltverschmutzung, die Verpestung der Luft, die die Menschen krank mache und die Erde zum Untergang verurteile. Wenn man noch etwas retten wolle, noch etwas unternehmen wolle, sei es dafür fast schon zu spät, viele Dinge könnten schon heute nicht mehr rückgängig gemacht werden Aber das kümmere ja kein Schwein.

Das sähe man schließlich bei den Chinesen und besonders bei den Amerikanern, die kalt lächelnd weitermachten. Wobei die Chinesen anfingen, umzudenken. Müssen sie ja auch wohl, wenn die Luft so dick ist, dass man kaum noch atmen kann. Wie dumm müsse man sein, um diese Tatsache zu ignorieren. Aber gerade die Amerikaner und ihr zauberhafter Häuptling seien unbelehrbar.

Ich kenne keine Amerikaner, nur als Gebäck mit Schokoglasur. Die Amerikaner müssen früher mal richtig lustig gewesen sein. Die hatten wohl eine Prohibition. Musste ich auch erst nachschlagen. Bedeutet, Alkohol war verboten und wie alles, das verboten ist, war er besonders verlockend. Und deshalb haben die Leute getrunken als gäbe es kein Morgen. Heimlich. Das Zeug haben sie selber gebraut, in irgendwelchen dunklen Hinterhöfen. Wo das hinführte? In die Kriminalität.

Ich sage nur Chicago, Schmuggel, Al Capone, die Mafia, Bandenkriege, Schießereien. Ich bin gegen Verbote, wo soll das enden? In der Kriminalität? Wir wissen aus eigener Erfahrung, was verboten ist, wird besonders attraktiv. Verbote inspirieren uns dazu, sie zu ignorieren. Allein wenn ich mir nur vorstelle, wie die Frau und ihre Freundinnen anfangen, eines schönen Tages Rohmilchkäse aus Frankreich zu schmuggeln.

Wer will mir erzählen, wie viele Mäuse ich mir pro Tag rein ziehen darf? Wie viele Dosen von meinem Lieblingskatzenfutter? Ja, wenn

Sie mich schon fragen, Sardinen in Zitronengelee. Davon nehme ich gerne einige als Geschenk an. Zurück zum Thema. Also, wer will das kontrollieren? Wer traut sich das? Gibt es demnächst eine Katzenpolizei?

Glaube, ich gehe in den Garten, sollte besser 20 oder 30 Mäuse bunkern. Man weiß ja nie.

Tonto, beunruhigt und daher vorsorgend!

Lammkeule
mit Schafskäse, Zitronen und Thymian

Für 4 – 6 Personen
1 Lammkeule
Lorbeerblätter
einige ungespritzte Zitronen
Schafskäse nach Geschmack
Thymianzweige
Salz / Pfeffer aus der Mühle
5 - 6 Knoblauchzehen
1 kg kleine Kartoffeln
Olivenöl
trockener Weißwein

Die Lammkeule waschen, trocken tupfen. Die Zitronen abwasche, in dünne Scheiben schneiden.

Die Keule in regelmäßigen Abständen einkerben und mit dem Olivenöl einreiben.

Salzen und pfeffern. In die Einkerbungen den Thymian und Knoblauch stecken. Keule mit den Zitronenscheiben bedecken.

Im Ofen bei 200 Grad in Olivenöl anbraten. Den Weißwein in die Saftpfanne geben.

Begießen Sie Lammkeule regelmäßig damit. Die Temperatur auf 175 Grad reduzieren. Nach 1,5 Stunden zerbröckelten Schafskäse dazu geben. Kartoffeln waschen, halbieren. Zur Lamm-keule geben. Ab und an im Sud wenden.

Nach einer weiteren Stunde sollte die Lamm-keule gar sein. Sie können es daran erkennen, dass sich das Fleisch leicht vom Knochen lösen lässt.

Dazu einen kräftigen und trockenen Weiß-wein servieren, der gegen den Schafskäse an-kommt.

Schön wäre es, wenn Sie einen Wein mit ei-ner komplexen Zitrusnote anbieten würden. Meint die Frau. Das sollte wohl kein Problem sein.

Dass der Knochen für die Katzen ist, muss ich ja wohl nicht noch extra erwähnen. Es wäre äußerst wünschenswert, wenn ausreichend Lammfleisch daran bliebe. Gerne kann es auch gleich die ganze Lammkeule sein.

Salat
mit Cherrytomaten und schwarzen Oliven

1 Kopf Frisée-Salat
400 g Cherrytomaten
1 Handvoll entsteinte schwarze Oliven
(am besten aus Nyon)
Olivenöl
Salz / Pfeffer
Zitronenthymian

Salat putzen, waschen, in mundgerechte Stücke zerpflücken.

Halbierte Cherrytomaten und Oliven darüber geben. Aus Öl, Salz, Pfeffer, dem Zitronenthymian eine Vinaigrette rühren und darüber geben.

Gut mischen, eine Weile durchziehen lassen.

Statt Frisée können Sie nach Geschmack auch Rucola, Eichblattsalat, Feldsalat oder Lollo Bianco nehmen.

In diesem speziellen Fall müssen Sie sich nicht um uns kümmern. Wir sind doch keine Veganer!

Nusskuchen
(für eine Springform von 28 cm)

400 g gemahlene Haselnüsse
400 g Zucker
8 Eier
4 EL Mehl
1 Päckchen Backpulver

Die Eier trennen. Eiweiß steif schlagen, es sollte schnittfest sein.

Die Eigelbe mit dem Zucker verrühren, bis eine schaumige cremige weiße Masse entstanden ist. Haselnüsse dazu geben, gut verrühren.

Nach und nach den Eischnee in kleinen Portion hinzufügen.

Das Mehl mit dem Backpulver mischen, unter den Teig geben.

Füllen Sie den Teig in eine Springform. Im Backofen bei 175 Grad Umluft 60 Minuten backen.

Sehr lecker ist zum Kuchen Vanille-Eis statt Sahne, besonders wenn er noch lauwarm ist.

Mag ich übrigens auch! Das Eis sollte bereits leicht angeschmolzen sein. Dann ist es cremiger.

**Vorratshaltung
oder wie viele Mäuse
sollte ein Kater auf Halde haben?
Kapitel 14**

Also, ich habe 20, 30 Mäuse gebunkert. Na gut, es könnten ehrlich gesagt, auch noch ein paar mehr gewesen sein, aber allerhöchstens noch 10 oder 15. Waren auch nur kleinere. Habe sie sehr liebevoll auf der Küchenschwelle drapiert und mir dabei gedacht, die Frau könne sie für Notfälle an die Seite legen. Wozu hat sie denn den riesigen Gefrierschrank im Vorratskeller?

War nichts. War genauso hysterisch wie immer, als sie morgens verkatert nach unten kam und sie alle schön tot auf der Küchenfußmatte liegen sah. Die paar netten kleinen Mäuschen. Ich hätte auch Ratten oder zur Abwechslung ein Frettchen anschleppen können! Hätte der auch nicht gepasst.

Was will die? Ist doch albern, sie selber betreibt doch auch Vorratshaltung. Sie hat Unmengen von Konserven in ihrer Vorratskammer, dann auch viele eingefrorene Gerichte von A (Auberginen) bis Z (Zander) in der Kühltruhe, falls, wie so oft, überraschend Besuch vor der Haustür steht. Und gehen Sie mal ihren den Weinkeller! Da fallen Sie um!

Sie rechnet wohl mit einer neuen Prohibition. Warum sonst sollte sie Hunderte Flaschen auf Halde haben? Dies alles sogar klimatisiert! Die vielen Flaschen kann ein Mensch in seinem Leben nicht trinken! Und sie und auch ihre

Freundinnen trinken gerne und viel. Aber selbst dann sollte das Zeugs im Weinkeller für die nächsten zweihundert oder dreihundert Jahre reichen.

Wahrscheinlich ist das mit dem Wein genauso wie mit all ihren Klamotten. Das habe ich, glaube ich, bereits einmal erwähnt. Damit könnte sie eine komplette Boutique ausstatten. Was man für dieses raus geschmissene schöne Geld alles an Katzenfutter kaufen könnte!

Ich frage es mich wieder und immer wieder. Welcher Mensch braucht Dutzende T-Shirts, Designerschuhe, Handtaschen, Röcke, Hosen, Blusen, Kleider, Schmuck und ähnliches? Dutzende von Mänteln und Jacken. Glaubt die Frau, morgen gibt es das nicht mehr zu kaufen?

Aber wenn ich mit den paar kleinen Mäuschen komme. Was für ein Theater! Panik! Drama! Eine Krise! Aufstand! Dabei könnte sie die mit in die Tiefkühltruhe packen, zu den anderen Vorräten und sie dort schön frisch für mich aufbewahren.

Was wäre denn, wenn ich eines schönen Tages Überraschungsbesuch bekäme?

Hallo, interessiert das hier irgendjemanden? Die coole Katze aus dem Nachbarhaus könnte ja vorbei schauen. Warum sollte die nicht kommen, um mich zu sehen? Die ist sehr sexy. Okay, wie oft soll ich das denn noch wiederholen, ja, ja, ich weiß, ich bin kastriert, aber wen kümmert das?

Die Frau sagt auch, Essen sei die Erotik des Alters. Ich weiß! Und sie ist noch nicht mal alt, nur so halb alt und ich erst recht nicht. Wie kommen Sie darauf? Ich bin ein gestandener Kater in den allerbesten Jahren. Besser geht's nicht. Da wäre doch ein romantisches Abendessen wirklich nicht zu viel verlangt. Mit einem Koi, einer frischen Maus und etwas Rohmilchkäse. Für ein erstes Rendez Vous mit der bildschönen Nachbarkatze wäre das eine nette gemütliche Mahlzeit

Die Frau hat alles auf Vorrat. Allein schon mehr als 3000 Bücher. Warum denn so viele? Die liest ja ohnehin nur Kochbücher und ihre überflüssigen französischen Einrichtungsblätter und ab und an, wenn sie wieder ihre revolutionäre Phase hat, ein wenig Marx. Nein, ich meine nicht Richard Marx, der schreibt Songs und er singt. Leider, würde er auch besser lassen, muss ich sagen. Den kennt aber kein Schwein. Ich meine Karl Marx.

Dann hat sie Bettwäsche, Handtücher, Gläser und Porzellan. Wofür??? Bei den Mengen, die sie und ihr Besuch trinken, könnten alle gleich aus der Flasche trinken. Diese vielen Gläser braucht niemand.

Aber ich brauche meine Mäuse, immer! Viele!

Stellen Sie sich bitte vor, nach unserem ersten Rendez Vous kommt die schöne Nachbarskatze ganz spontan mal eben schnell vorbei, weil sie sich nach mir sehnt und ich liege dummerweise völlig unvorbereitet auf dem Sofa oder in der Sonne auf dem Garagendach und träume intensiv von Angelina Jolies Katze.

Und keine Maus weit und breit. Was dann? Wie soll ich denn da punkten? Etwa Picasso fragen, ob er zufällig noch eine Maus auf Lager hat, obwohl er selber in Sachen „Große Liebe" oder doch eher in „heiße Nächte mit heißen Fegern" unterwegs ist? Der teilt dann doch nicht! Versteh ich auch. Ehrlich! Je mehr Mäuse, umso mehr Amore! Hab ich irgendwo erst kürzlich gelesen. Ich glaube, das war im Katzenplayboy. Ja, es ist mir klar, was sie jetzt sagen wollen. Das ist doch ein alter Hut. Ich lese den Playboy wirklich nur wegen seiner Artikel. Was denn sonst? Das Centerfold in der Mitte habe ich mir noch nie angesehen!!!! Also wirklich, ich bitte Sie!

Darum, für Notfälle! Wirklich nur für Notfälle. Ein paar kleine Mäuschen in der Tiefkühltruhe! Ist doch nicht zu viel verlangt. Falls es brennen sollte! Die Frau hat auch heiße Dessous in ihrem Wäscheschrank. Für Notfälle! Sagt sie! Was für Notfälle? Wen will die damit fangen? Mäuse? Man sagt ja, mit Speck fängt man Mäuse. Aber, Leute Dessous? Was haben die mit Speck zu tun?

Ich finde das sehr unverständlich. Ich glaube, ich bin gestresst. Das ist viel zu viel für mich! Ich denke, ich fang mir schnell ein oder zwei Mäuse. Oder auch einige mehr. Nur zur Entspannung.

Tonto, genervt und außerdem völlig von der Rolle

Wie beeindruckt man Frauen?
Kapitel 15

Also, aber klar, auf jeden Fall würde ich Tonto ein oder zwei Mäuse abgeben. Selbst wenn es meine Letzten wären.

Ich brauche doch keine Mäuse, um von Katzen geliebt zu werden. Weil ich sie verstehe, nein, weil ich weiß, was genau sie sich wünschen, was sie brauchen und was sie hören wollen. Sensibel, klug und charmant sollte man sein, einfühlsam, gut zuhören können.

Das hat mir meine Schwester Lola im Vertrauen erzählt. Es ist beruhigend, wenn man jemanden hat, auf den man sich bedingungslos verlassen kann. Auf Lola kann ich das. Immer! Und meine liebe Lupita hat mir ebenfalls schon häufig sehr gute Tipps gegeben. Mit all der Lebenserfahrung, großen Gelassenheit und Abgeklärtheit, die sie hat.

Aber Tonto? Der Kerl hat ein Problem. Glaubt er wirklich, nur eine Maus und er hat gewonnen? Da fehlt noch eine ganze Menge. Eben mal eine Maus hin klatschen und zu erwarten, dass die schöne Katze mit den Augen klimpernd bewundernd und andächtig zu ihm aufschaut?

In welcher Welt lebt der denn? Selbst ein netter schneller Porsche reicht bei weitem nicht mehr aus bei den Frauen, den fahren sie schon selber. Urlaub in der Karibik oder lieber in Paris? Keine Chance, da sind sie häufig mit ihren besten Freundinnen zum Shopping. Also die geheimsten Geheimtipps der Szene? Ist für sie ein alter Hut. Das bringt es auch nicht.

Besonders muss es sein.

Das idyllische, romantische Hotel, das bis heute noch nicht vom Massentourismus entdeckt wurde und auf einer noch nicht richtig erschlossenen Südseeinsel liegt, auf die man fast selber noch hin rudern muss.

Der wunderschöne authentische Flohmarkt in der absolut hintersten Ecke Süd-Transsylvaniens. Bitte vergessen Sie auf keinen Fall Silberkreuze, ausreichend Holzpflöcke und reichlich Knoblauch mitzunehmen, falls Sie sich in der Nacht (besser Sie gehen nicht nach draußen) gegen einen der letzten ortsansässigen Vampire verteidigen müssen.

Dieser exotische Laden mit den wunderschönen handgewebten farbenfrohen Seidensaris in der Mitte Rajasthans, der wahnsinnig dreckig, aber so malerisch ist. Denken Sie bitte unbedingt an ein Gegengift, denn leider wimmelt es hier nur so von Kobras, doch das nächste Krankenhaus ist fast 400 km entfernt.

Echt abgefahrene Höhenwanderwege in den Anden oder in Peru. Sie sollten auf keinen Fall Ihr Maschinengewehr vergessen und bereit sein, ein halbes Dutzend (mindestens) gut ausgebildeter Bodyguards zu buchen, besser noch mehr, wegen der Grabräuber, des korrupten Militärs oder der politischen Freiheitskämpfer. Und ob Sie es nun glauben oder nicht, das komplette Drogenkartell aus Medellin macht hier im Moment auch mal wieder seinen alljährlichen Wellness-Urlaub.

Seien Sie extravagant. Machen Sie etwas völlig anderes, womit ihre Herzensdame auf keinen Fall rechnet. Vertrauen Sie Ihrem Charme, und setzen Sie auf gepflegtes Understatement. Das erwartet ihre Auserwählte mit Sicherheit nicht.

Wie wäre denn das kuschelige kleine Restaurant mitten in Fontvieille, versteckt in einem Hinterhof, dort wurden noch niemals Touristen gesichtet. Dort isst Jean Reno im September immer zu Abend, wenn er in der Gegend ist. Er kommt wegen der delikaten Paprika-Thunfischröllchen und wegen der Makrelen in Weißwein.

Sie kommen wegen der köstlichen Bouillabaisse und des göttlichen Aprikosengratins und die Frau Ihres Herzens wegen Jean Reno. C'est la vie!

Und unser Tonto glaubt echt, er schmeißt den Katzen ein, zwei Mäuse vor die Füße, schaut sie zwei oder dreimal bewundernd und anbetend an und dann hat er die Sache im Kasten. Nö! Sagen wir es klar und deutlich, dass denkst auch nur Du, mein Lieber. Der Job ist schon um einiges härter. Und denk daran, Rücken kraulen bei den Damen nicht vergessen.

Weiß er, was Frauen ansonsten noch schätzen? Tiefschürfende philosophische Diskussionen über Gott und die Welt. Mehr die Welt!

Warum war in diesem Jahr die Winterkollektion von Marc Jacobs enttäuschend, aber im Vorjahr so erfrischend innovativ? Was sagt uns Theodor Adorno heute? Oder ist er überholt? Sag mal, hast Du Ulysses jemals zu Ende gelesen?

Glaubt Tonto, eine einzige Maus, ein intensiver tiefer Blick, etwas brachialer Bauarbeitercharme, ein paar Haare auf der Brust und schmale Hüften, das könnte reichen? Leider sieht er nicht ganz so aus wie der Georg Clooney der Kater.

Tja, mein Lieber, Georg Clooney ist intelligent und gutaussehend. Fast schon zu gut aussehend und charmant, um noch wahr zu sein. Man sollte fast glauben, dass er sei schwul ist, allein weil er so perfekt ist, aber das möchte ich auf gar keinen Fall behaupten. Er hat vor einiger Zeit geheiratet und ist sogar Vater geworden. So ein Pech für die Damen!

Aber bei ihm ist es nicht nur das gute Aussehen. Er hat Charisma, er ist menschlich, bodenständig und erfreulicher Weise, politisch stark engagiert. Warum nur, wird nicht so eine Person, mit klaren Ansichten und einem Blick für die Probleme der Welt, die Ausbeutung und Armut der Länder der Dritten Welt, der Präsident der Vereinigten Staaten, an Stelle dieses dummen orangefarbenen Häuptlings?

Also Tonto, bitte etwas mehr Selbstkritik. Aber Du schaffst es! Du müsstest nur ein klein wenig an Dir arbeiten. Du bekommst es hin. Da bin ich mir sehr sicher.

Dein Bruder Picasso.

We are brothers in arms!

Thunfisch-Paprikaröllchen
Für 4 Personen

4 rote Paprikaschoten
1 Dose wirklich sehr guter Thunfisch
4 EL kleine Kapern
1 Knoblauchzehe
etwas Zitronensaft
Salz/Pfeffer aus der Mühle
Olivenöl

Die Paprikaschoten im Backofen grillen, bis die Haut platzt.

Die Haut abziehen. Am besten geht es, wenn sie die Paprikaschoten zum Abkühlen in ein feuchtes Handtuch wickeln. Macht das Abziehen der Haut einfacher. In breite Streifen schneiden.

Den Saft auffangen.

Die Paprika mit dem Olivenöl und Zitronensaft marinieren.

An die Seite stellen.

Thunfisch abgießen. Mit Kapern und Knoblauch mischen. Salzen und pfeffern. Im Mixer pürieren.

Jeweils 1 Teelöffel der Thunfischmasse auf die Paprikastreifen geben.

Zu einer Roulade rollen.

Die fertigen Paprikaröllchen mit Paprikasaft begießen.

Anschließend einige Minuten durchziehen lassen.

Servieren Sie Baguette und einem frischen Rosé dazu. Er darf ruhig sehr kalt sein.

Ich, wir empfehlen einen fruchtigen Rosé vom Mas de Gourgonnier in Maussane.

Sollten Sie zufällig in der Gegend sein, eine Besichtigung des Weinguts macht sehr viel Spaß.

Und eine intensive Weinprobe ist doch nicht zu verachten.

Oder?

Und legen Sie mir bitte den Dosenöffner raus. Wofür? Für den Thunfisch selbstverständlich. Sie brauchen davon nicht so viel.

Denken Sie immer daran, die Katze kommt zu erst. Immer. Wirklich immer!

Versuchen Sie keine schmutzigen Tricks. Falls Sie den Dosenöffner verstecken sollten, ich finde ihn.

Egal, wo auch immer er sein mag.

Makrele in Weißwein
Für 4 Personen

4 Makrelen
4 Zwiebeln
2 Karotten
1 Flasche trockener Weißwein
10 Korianderblätter
2 Lorbeerblätter
1 paar Thymianzweige
1 unbehandelte Zitrone
Olivenöl
Nach Geschmack Pfefferkörner
Salz

Zwiebeln und Karotten schälen, putzen, klein hacken.

In eine flache Kasserolle geben. Den Weißwein, die Korianderblätter, Lorbeer und Thymian dazugeben.

Alles aufkochen und dann die Flüssigkeit um 2/3 einkochen lassen.

Die gewaschenen, ausgenommenen Makrelen in den Sud legen. Die Zitrone in Scheiben schneiden und darüber geben.

Alles noch einmal mit dem Sud übergießen und bei 180 Grad im Ofen ca. 5 Minuten garen.

Über Nacht im Kühlschrank durchziehen lassen, ab und an in der Marinade wenden.

Am nächsten Abend mit Pellkartoffeln, Baguette und einem frischen grünen Salat servieren.

Dazu ein weißer Cotes de Provence vom Mas de la Dame.

Das ist ebenfalls ein nettes und sehenswertes Weingut in nächster Umgebung von Saint Rémy. Falls Sie kein französisch sprechen sollten, das ist kein Problem. Der Besitzer ist Brite.

Er liebt es, ausführlich zu beraten, und kleine Scherze zu machen.

Achtung, britischer Humor!

Die Makrelen sollten schön frisch und gerne auch noch roh sein. Ich brauche diese doofe Soße nicht.

Aprikosengratin
Sie brauchen für eine Auflaufform

1 kg Aprikosen
100 g Mehl
100 g Zucker
150 g Butter
100 g gemahlene Mandeln

Auflaufform buttern.

Die gewaschenen, halbierten und entsteinten Aprikosen auf den Boden der Auflaufform legen.

Aus den restlichen Zutaten eine Streuselmasse kneten und über die Aprikosen geben. Im Ofen bei mittlerer Hitze ca. 30, 40 Minuten backen.

Am besten leicht warm servieren mit einem Klacks Crème fraîche oder halbflüssiger Sahne.

Dass Katzen Crème fraîche mögen, sollten Sie mittlerweile wissen!

Sie sollten gleich eine Portion bei Seite stellen!

Frauen und die wahre Liebe
Kapitel 16

Also, Picasso hat da ja mal wieder auf Mann und Kater von großer, weiter Welt gemacht. Ist das Leben wirklich so? Kann Mann nicht einfach mit seiner Herzenskatze Pfote in Pfote im Garten oder auf dem Garagendach sitzen, auf den hellen, weißen Mond schauen und sich genüsslich und entspannt eine Maus oder auch zwei teilen?

Müssen Mann oder Kater sich so anstrengen, um das Herz der Liebsten zu erobern? Kann ich nicht einfach nur ich sein? Unverbogen und ganz natürlich. Kennen die Frauen nur oberflächliche Werte? Materielle Werte? Und warum sagen Lola und Lupita jetzt nichts dazu?

Die Frau behauptet immer, einen interessanten und intelligenten Mann zu finden, sei doch recht schwierig. Wenn sie cool wären, seien sie schwul oder verheiratet. Das seien immer die nettesten. Wenn sie in einem bestimmten Alter, so ab Mitte vierzig noch frei herumliefen, dann seien sie eher gestört. Beziehungs- und bindungsunfähig, und wohnten wahrscheinlich noch bei Mama. Oder gerade frisch geschieden, hassten die Frauen oder machten Jagd auf sie.

Die Frau läuft ja auch noch frei herum. Gut, sie ist auch geschieden, schon lange, sie hasst auch keine Männer, sie findet sie amüsant, aber den Richtigen hat sie aber auch noch nicht gefunden. Oder, Klartext, nicht finden wollen!

Bei allen, die ihr über im Laufe der Zeit über den Weg laufen, passt so manches einfach nicht. Einer ist zu dick, der Andere viel zu dünn, der Nächste hat zu wenig Haare, ein weiterer Kandidat davon zu viele oder ist zu ungepflegt. Sie tragen, absolut unverzeihlich und entsetzlich, falsche Socken zu ihren Schuhen. Ein noch abstoßenderes „no go" in den Augen der Frau, und in den Augen ihrer Freundinnen, sind weiße Socken oder Socken zu Sandalen. Gerne in einem kaum definierbaren Farbton. Eine Art von Grau oder was auch immer die Ausgangsfarbe war. Gerne mit ausgeleiertem Bündchen. Dies ist wohl die schlimmste von allen Todsünden, entsprechend in etwa der Gotteslästerung im finsteren Mittelalter.

Die Typen sind zu oft oder zu wenig zu Hause. Haben grottige Tischmanieren und/oder fahren das falsche Auto. Opel geht gar nicht!

Ein weiterer grauenhafter Faux Pas, hässliche Möbel. Das ist für die Frau wohl der super Gau als Inneneinrichterin. So sorry, mea culpa, ich meine Interior Designer!

Die beste Freundin der Frau, hat dieses Problem äußerst perfekt gelöst. Sie hat sich einen

Piloten geschnappt und geheiratet. Begründung? Der ist nicht zu häufig zu Hause, um mir auf den Keks zu gehen, ich kann schön preiswert fliegen, er hat eine ansprechende Lebensversicherung und, Gott sei Dank, keine eigenen Möbel. Ich kann also die Wohnung genauso einrichten, wie ich will, nämlich mit meinen Möbeln.

Anscheinend gab es mit diesem Typen nur ein kleines Problem, er hatte ein bescheuertes Hobby. Stewardessen.

What the hell, ist ein Stewardessenhobby? Aber deswegen ist das Ganze wohl gescheitert.

Die Frau behauptet, in Sachen Beziehung sei sie ganz einfach. Wenn ihr zwei Typen über den Weg liefen, die beide nett seien und ihr gefielen, der Eine sei arm und der Andere reich, dann würde sie auf jeden Fall den Reichen nehmen. Da sei sie sicherlich sehr pragmatisch.

Aber wenn sie sich in einen von den beiden so richtig verlieben würde und dies sei der Arme, sei ihr das so was von scheißegal, ob er Geld hätte oder eben auch nicht. Bei wahrer Liebe spiele das keine Rolle.

Jetzt kommt sie ins Schwärmen. Wenn der Typ dann noch Franzose sei und kochen könne, raten Sie mal was? Klar, was sonst? Französische Küche, soll es denn eine andere geben?

Vielleicht einen saftigen Schweinebraten mit Salbeiblättern oder ein schönes Kartoffel/Spinatgratin?

Dann sollte der Typ noch gerne bügeln, weil sie das hasst. Oh ja, auf keinen Fall zu vergessen, er sollte wild darauf sein, die Fenster zu putzen. Den Rasen zu mähen. Oder das Auto zu reparieren! Den riesigen schweren, goldenen, antiken Spiegel auf zu hängen. Dann sei er nicht nur perfekt. Dann sei er phantastisch!

Sie glaubt echt, so ein Wahnsinnsexemplar, sei zu finden? Und wovon träumt die nachts? Oder hat sie vor, sich den Typen zu backen?

Davon mal abgesehen, hatte ich angenommen, Sklavenhaltung sei mittlerweile verboten.

Ich spreche leider keine Fremdsprachen, wieso sollte ich? Ich erwarte, dass man mich auch so versteht. Aber ich glaube, ich fange langsam an, zu verstehen, was die Frau meint. Ist das Töten von Mäusen doch nicht mehr das Non Plus Ultra einer Beziehung? Sollte ich ein Kochseminar oder einen Bügelkurs besuchen? Bringt mir das was? Tanzen lernen? Eventuell Tango? Stepptanz? Hilfe, ich glaube, ich verliere mein Selbstvertrauen!

Ob wir fähige Katzenpsychologen hier bei uns im Ort haben? Ich komme so langsam zu dem Schluss, ich sollte mit einem Fachmann reden.

Könnte es sein, dass ich eine Verhaltenstherapie brauche???

Oder lieber eine saftige Maus und die Katze von nebenan zum Kuscheln?

Tonto, im Moment ohne innere Mitte!

Schweinebraten mit Salbei

Sie brauchen für 4-6 Personen

ca. 2 kg Schweinelummerbraten

4 – 6 Knoblauchzehen

Salbeiblätter

Lorbeerblätter

Thymianzweige

Olivenöl

Butter

Salz / Pfeffer aus der Mühle

festkochende Kartoffeln

trockenen Weißwein

Schweinebraten waschen, trocken tupfen.

In einen passenden großen Bräter geben.

Die Knoblauchzehen schälen, vierteln. Einige Einschnitte in den Braten machen, und in diese die Knoblauchstücke hinein stecken.

Den Braten mit Olivenöl beträufeln. Mit Salbeiblättern, dem Thymian, Lorbeerblättern belegen. Salzen und pfeffern. Mit ein paar Butterflöckchen bestreuen und in den Ofen geben.

Bei 150 Grad 2 Stunden braten. Von Zeit zu Zeit wenden. Falls der Braten zu schnell braun wird, decken Sie ihn mit Alufolie ab.

Nach und nach Weißwein und Wasser angießen.

45 Minuten vor Ende der Gesamtgarzeit dann die in dicke Scheiben oder in Spalten geschnittenen Kartoffeln mit in den Bräter geben.

Junge Kartoffeln müssen nicht geschält werden, Sie können sie gerne mit der Schale verwenden Aber gut abbürsten. Kartoffeln und Braten schön regelmäßig wenden, damit sie gleichmäßig braun werden.

Vor dem Servieren den Braten gut 10 Minuten ruhen lassen.

Dazu ein kräftiger roter Cotes de Provence vom Mas de Gourgonnier und ein gemischter Salat.

Und heben Sie ein gutes Stück für die Katzen auf! Mit einem guten Stück meine ich mindestens den halben Braten. Sie brauchen ja nicht so viel. Denken Sie an die Kalorien,

Kartoffel/Spinatgratin
Sie brauchen für 4 - 6 Personen

1 kg festkochende Kartoffeln
500 g Blattspinat
durchwachsenen Speck, in feine Würfel
geschnitten
2 mittelgroße Zwiebeln, fein gehackt
Salz / Pfeffer aus der Mühle
Milch

Spinat putzen, blanchieren,.

Die Speckwürfel und die gewürfelten Zwiebeln anbraten.

Kartoffeln schälen, in Scheiben schneiden. Bitte nicht vergessen, bei neuen Kartoffeln können Sie die Schale mit verwenden.

Kartoffeln in Salzwasser zum Kochen bringen, nach 5 Minuten aus dem Kochwasser nehmen und gut abgießen.

Schichten Sie die Kartoffelscheiben zusammen mit dem angebratenen Speck und Zwiebelwürfeln in einer Auflaufform.

Mit Blattspinat bedecken.

Die kochende, gesalzene und gepfefferte Milch darüber gießen, so dass das Gratin gerade bedeckt sind.

Das Gratin im Ofen bei mittlerer Hitze 45 Minuten backen. Sie können, falls Sie es mögen, noch Käse darüber raspeln.

Das Gratin passt sehr gut zu Lammkoteletts.

Und wissen Sie was? Lammkoteletts passen gut zu Katzen. Aber nicht zu stark durchbraten. Das mögen wir nicht, blutig ist uns lieber.

Trinken Sie einen schönen, kräftigen Roten aus dem Languedoc dazu. Vielleicht ein Bio-Wein von der Domaine Bassac? Bitte nicht für mich, für die Gäste.

Die brauchen was, damit sie ihren Hunger nicht so spüren, wenn die leckeren Lammkoteletts alle verschwunden sind.

Noch einmal zum Wein. Die Frau behauptet sehr gerne, biologischer Anbau sei nicht ausschließlich ein Gütesiegel für Qualität ohne Chemie, es gäbe immer mehr traditionsbewusste Winzer, die das Prädikat nicht hätten und dennoch Trauben ohne schädliche Zusätze produzieren würden.

Es käme halt immer auf den Winzer und seine Einstellung an.

**Auf der Suche
nach der verlorenen Mitte!
Kapitel 17**

Also, meine innere Mitte ist und bleibt verloren. Fort, weg. Nicht mehr vorhanden. Ich habe nicht mal mehr Appetit auf ein bisschen Frustessen. Ich kann machen, was ich auch will, die allerschönste Maus kann mich momentan nicht in Versuchung führen. Sogar Goldfisch oder Koi können mich im Moment nicht locken. Ich fühle mich eigenartig.

Ich müsste mit der Frau wirklich mal über einen Katzenpsychologen reden.

Aber die Frau ist selber sehr merkwürdig in der letzten Zeit. Ist mit ihren Gedanken meilenweit weg. Gestern hat sie doch glatt übersehen, dass ich auf ihrem neuen, weichen und sehr teuren Kaschmirpullover geschlafen habe.

Normalerweise hätte das ernsthafte Folgen für mich. Ich sehe in so einem Fall besser zu, dass ich mich schnellstens vom Acker mache, wenn ich sie die Treppe hochkommen höre. Gestern? Keine Reaktion. Was ist los? Wo ist die bloß mit ihren Gedanken?

Beim Kochen macht sie neuerdings echt dumme Fehler, sie verwechselt das Salz mit Zucker oder lässt das ganze Essen anbrennen. Letztens, als ich noch Appetit hatte, hat sie das Hühnerragout auf dem Herd vergessen, von dem ich mir ein paar Stücke oder eventuell auch das komplette Huhn einverleiben wollte.

Mann, war das widerlich. Das konnte man nur ausspucken. Ekelig! Das Huhn war schwarz wie die Oliven, die da rein gehören.

Die Tage wollte sie Clafoutis machen. Fragen Sie mich bitte nicht, wie man das ausspricht, was das ist oder wie es sich richtig schreibt. Ich weiß nur, das ist etwas Süßes, ein Auflauf mit Obst und was macht sie, sie nimmt doch tatsächlich Salz.

Ich mache mir Sorgen! Das Telefon hat sie, mit den Lebensmitteln zusammen, neulich nach dem Einkaufen in den Kühlschrank gepackt und später stundenlang gesucht. Die Autoschlüssel hat sie, zerstreut wie sie ist, statt des Plastikmülls in den Mülleimer geworfen und ihren Kaffee wollte sie trocken kochen. Kaffee und Filter ja, Wasser nein. Ist ja vielleicht eine neue Art von Instantkaffee. Was weiß ich schon, ich bin ja nur ein depressiver Kater auf der Suche nach dem Sinn des Lebens.

Aber vielleicht nimmt die Frau ja ihre Midlife Crises? Wobei, sie ist ja einiges über 40 (sorry, das musste ich jetzt erwähnen, bitte nicht hauen), ist es da nicht ein bisschen sehr spät dafür? Oder hat sie vor, noch älter als Hundert zu werden und hat bis jetzt gewartet, damit das einigermaßen passt? Ich hab nur Angst, diese

Krise könnte ansteckend sein und mich quasi klammheimlich von hinten erwischen.

Sie wissen ja, ich habe immer nur gestrotzt vor Lebenslust. Was ist das also? Können Katzen denn auch eine Midlife Crisis bekommen? Falls ja, ist es bei mir nicht viel zu früh? Ich bin ja schließlich erst 3, ja okay, ich weiß, 3 ½. Gut, vielleicht noch ein kleines bisschen älter. Schwamm drüber!

Man darf sich ja ein bisschen jünger machen. Fünf ist für einen Kater wie mich kein Alter. Die Frau hat eine sehr gute Freundin, die behauptet auch, die schönsten 10 Jahre einer Frau seien die zwischen 39 und 40.

Ich sollte mal die Anderen fragen, ob denen was aufgefallen ist oder nur ich allein meine, hier sei was im Busch.

Gerade Lupita sollte doch etwas mehr wissen. Die behauptet gerne, alles mit zu schneiden, was die Frau antreibt, weil sie die Frau gut versteht. Von Frau zu Frau. Sie nennt das eine intensive Seelenverwandtschaft, ich nenne das krankhafte Neugier oder sollte ich es besser gleich Spionage nennen? Unsere Lupita scharwenzelt ja ständig um die Frau herum. Da müsste man mehr als taub und blind sein, um nicht mitzubekommen, was hier täglich abgeht.

Aber Lupita meint, die Frau sei normal komisch, ihr sei nichts aufgefallen. Die Frau hätte halt ihre übliche „Mist! Jetzt kommt so langsam der Herbst und es wird dunkel und kalt" Krise, die nähme sie jedes Jahr um diese Zeit, das würde sie bereits seit Ewigkeiten kennen. In Kürze käme dann für ein paar Wochen noch die „Warum nur, um alles in der Welt, tue ich mir diesen blöden Winter hier in Deutschland an und lebe nicht schon längst in der Provence?!" Krise, danach liefe alles hier wieder wie üblich.

Die Roten behaupten, sie hätten ebenfalls nichts bemerkt. Kein Wunder, die sind ja nie da.

Trotzdem, ich schwöre, in all den Jahren mit der Frau, ist so etwas noch niemals vorgekommen.

Die Stimmung bei uns im Haus hat sich heftig verändert, ich spüre das mit jeder Faser meines Körpers, meine feinen Antennen signalisieren mir es. Und das löst meine Krise aus.

Und wenn ich sage Krise, dann meine ich eine Krise! Eine gewaltige. Mehr als kritisch!

Glaube, ich brauche eine Maus, um wieder mit mir ins Reine zu kommen. Sagt man nicht, Essen sei Nervennahrung?

Tonto, voller Unruhe und Zweifel!

Hühnerragout mit schwarzen Oliven,
nicht verbrannt
Für 4 - 6 Personen

2 kleine Brathähnchen
4 - 6 große reife Tomaten, gewürfelt
20 schwarze entsteinte Oliven aus Nyon
1 gewürfelte rote Zwiebel
2 - 3 Knoblauchzehen, gehackt
Olivenöl
Salz
Pfeffer aus der Mühle
frischer Rosmarin oder Thymian
1 Lorbeerblatt

Die Hähnchen waschen, trocken tupfen und in Portionen teilen. Mit Pfeffer und der Hälfte der Kräuter einreiben.

In einer großen Kasserolle von allen Seiten in Olivenöl goldbraun anbraten. Die Zwiebeln und Knoblauch hinzugeben, 2 Minuten mit braten.

Tomaten, das Lorbeerblatt und die Oliven dazu geben. Deckel auflegen, 20 Minuten bei mittlerer Hitze garen.

Den Deckel öffnen, die restlichen Kräuter dazu geben, weitere 5 Minuten garen.

Unter Umständen noch salzen, aber vorsichtig, der Knoblauch hat normalerweise Salz genug.

Dazu passt Wildreis oder der berühmte rote Reis aus der Camargue.

Und ein kräftiger, gut ausgebauter Rotwein vom Chateau Romanin.

Die Winzer des Chateau Romanin glauben an die Wissenschaft der Astrologie. Sie bauen ihre Weine nach astrologischem Kalender und Mondphasen an. Ob das was bringt? Keine Ahnung. Woher soll ich das wissen, aber das Zeug schmeckt wohl gut.

Das Weingut gehört zu einem der bekanntesten Restaurants in Les Baux, dem wundervollen Cabro d'Or mit einem oder sogar zwei Michelin-Sternen.

Sollten Sie demnächst im Lotto gewinnen, dann reservieren Sie dort bitte einen Tisch. Wartezeit, letzter Stand, ein halbes Jahr. Vergessen Sie bloß nicht, mich mit zu nehmen.

Ich liebe die Käseplatte bei denen!

Clafoutis
Sie brauchen dafür

750 g Sauerkirschen (oder Pflaumen, Aprikosen, Pfirsiche)
5 EL Mehl
5 Eier
5 EL. Zucker
5 dl Milch
1 Prise Salz
Puderzucker
Butter

Fetten Sie eine Auflaufform ein. Die Kirschen
entsteinen, den Boden der Form damit 4 cm
hoch bedecken. Mehl, Zucker, Salz und die
Milch gut verrühren. Nach und nach die Eier
dazu geben. Die Eimasse über die Kirschen gießen, 15 Minuten bei 175 Grad im Backofen sto-
cken lassen.

Die Auflaufform aus dem Ofen nehmen, auf
ein Kuchengitter stellen, Kirschen mit Puderzucker und Butterflöckchen bestreuen.

Dann die Form zurück in den Ofen geben,
noch weitere 10 Minuten backen. Am besten
schmeckt die Clafoutis lauwarm.

Gut schmeckt auch die bretonische Variante
der Clafoutis. Dafür nehmen Sie getrocknete

Pflaumen, die Sie über Nacht in Rotwein eingelegt haben. Sie müssen sich richtig schön voll saugen. Vielleicht würzen Sie sie noch mit ein bisschen Zimt und/oder Vanille.

Oder Sie geben eine Kugel Vanille- oder Nusseis über die noch lauwarme Clafoutis.

Und schön dran denken, es gibt nicht nur Ihre Gäste, die gerne eine Portion davon hätten. Vom Eis und von der Clafoutis.

Katzen zum Beispiel! Die Portion sollte mehr als ausreichend groß sein. Aber nicht zu heiß.

Ich habe keine Lust, mir mal wieder die Pfoten zu verbrennen. Sie am Eis zu kühlen, halte ich für geschmacklos. Ich habe schließlich Manieren!

Das bezweifeln Sie?

Schlechte Zeichen!
Kapitel 18

Also, ich hatte Maus, ich hatte frischen Gold-fisch, und ein sehr schönes großes Stück Lamm. Plus etwas Rohmilchkäse zum Dessert, den habe ich rein zufällig auf der Anrichte ge-funden.

Aber nichts auf dieser Welt kann meine inne-re Leere füllen. Ich fühle mich unendlich verlo-ren, fühle mich schlecht. Unruhig! Nervös! So nervös, wie damals, als ich in diesen Haushalt kam und Picasso und Lola mich nicht an die gemeinsamen Futternäpfe lassen wollten.

Damals hatte ich große Angst zu verhungern, auf Stadtbalkonen gibt es keine Mäuse. Wie soll ein zarter Kater da über die Runden kom-men? Heute ist das alles anders, hier auf dem Land ist die Versorgungslage nicht mehr so kritisch.

Hier stehen öfters mal die Gartentüren auf und irgendeine Küchenanrichte oder ein Tisch ist bei den Nachbarn stets unbeobachtet, falls mir eines Tages die Mäuse ausgehen sollten.

Aber egal, ich sage es nochmals, etwas stimmt hier ganz und gar nicht. Die anderen Drei meinen, die Lage sei normal, die Frau hät-te sich wieder eingekriegt. Sie geht shoppen, als hätte sie nichts Besseres zu tun, sie kauft wie eine Blöde Schuhe, Taschen und neue Kla-motten, als gäbe es kein Morgen. Sie sitzt jeden

Tag morgens pünktlich ab 10.00 Uhr an ihrem Schreibtisch und plant mehr als akribisch ihre jährliche Herbstausstellung.

Die Ausstellung mit den traumhaften trendigen Wohnaccessoires, denen sie entgegen fiebert und die sie kaum erwarten kann. Sie werden jeden Moment aus Frankreich kommen. Sie verschickt schon die ersten Einladungen.

Ich hoffe, die passen farblich einigermaßen zu uns. Hallo??? Nein, ich meine nicht die ganzen Einladungen, sondern diese Wohnaccessoires. Sonst müssen wir wieder nach draußen in den Garten, selbst wenn es in Strömen regnen sollte oder, falls wir uns zu heftig dagegen wehren, in den Keller, wenn Kunden kommen. Ich könnte mir bei ihr sogar vorstellen, dass sie auf die Idee kommen könnte, uns eines schönen Tages noch um zu färben, die schreckt ja vor nichts zurück.

Dekokater ist echt ein Scheißjob! Ich kann nur hoffen und beten, dass Pink niemals ein Trend in der Inneneinrichtung wird.

Diese Farbe steht mir nicht! Und sie erschrekt vermutlich Mäuse!

Gut, die Frau kocht jetzt auch wieder, ohne ständig diese dummen Fehler zu machen, all ihre Freundinnen und die Kunden sitzen nach wie vor Stunden lang in der Küche, essen Unmengen und trinken Rotwein. Der Kamin ist jetzt des Öfteren an, ich kann wunderschön auf dem Lammfell davor liegen. Darauf sehe ich nicht nur gut und dekorativ aus, das Lammfell ist auch noch mega gemütlich. So weich wie ihre Kaschmirpullover. Also gut, an der Oberfläche ist alles wie immer.

Dennoch! Lola sagt, ich spinne. Lupita denkt, ich reagiere über und Picasso glaubt, ich wolle mich wichtigmachen, und ansonsten sei ich doch auch nicht so besorgt, so hypersensibel. Eher doch das Gegenteil.

Ich kann nur sagen, ich schwöre es gerne ein weiteres Mal, ich spüre eine Veränderung!

Also, um diese Schwingungen zu bemerken, brauche ich weder eine Kristallkugel, Kaffeesatz, Runen oder Tarotkarten. Mein ganzes Fell ist wie elektrisiert und sträubt sich extrem.

Habe ich es bereits erwähnt? Veränderungen hasse ich wie die Pest. Ich brauche immer meine Routine, außer bei meinen Mahlzeiten, da kann ich durchaus nette, spannende Abwechslungen vertragen.

Ja, was? Immer nur Maus oder Fisch? Aus dem Teich nebenan? Essen Sie jeden Tag das Gleiche? Nein, manchmal brauche ich schon mehr Vielfalt.

Vielleicht etwas Exotisches? Hai auf einem Bett von Algen?

Die Frau hat einen eigenartigen, verschlagenen Blick, hängt ständig an ihrem Telefon und redet in fremden Zungen. Das versteht kein Mensch, hoffentlich versteht zumindest sie, was sie sagt. Ich glaube, das ist französisch, die Gerichte, die sie kocht, klingen auch unverständlich. Wie das oben bereits erwähnte Lamm.

Wir Deutschen nennen das einen Eintopf, sie nennt das Cassoulet d'agneau aux haricots blancs. Klingt eigenartig, schmeckt aber großartig! Bis auf diese Bohnen. Die stören ein wenig. Ich muss sie mühsam vom Fleisch entfernen und auf dem Küchenboden ausspucken. Selbst das hat sie nicht mitgekriegt und das ist verdächtig. Die hört doch sonst auch immer die Flöhe husten.

Hilfe! Was tut sie jetzt denn nur? Oh, oh, sie holt ihre Koffer raus. Ein schlechtes Zeichen. Will sie etwa verreisen? Uns alleine lassen?

Spinnt die? Allein mit einer ihrer Freundinnen, die dann auf uns aufpassen soll? Die vermutlich von Katzen nicht die geringste Ahnung hat? Eine Freundin, die nicht wissen kann, (woher auch?) was ich am liebsten esse, außer Mäusen natürlich. Und woher soll die

Person wissen, wie viel Futter ich am Tag brauche? Eine Fremde, die nicht den blassesten Schimmer hat, wie man einen Kater am Bauch krault? Mindestens eine halbe Stunde lang!

Wen wundert es da, dass ich deprimiert und so unruhig war? In meinem Unterbewusstsein muss ich das die ganze Zeit gespürt haben. Die innere Leere in mir war eine Vorahnung auf die Leere meines Magens. Wie, um alles in der Welt, soll die mir unbekannte Ersatzdosenöffnerin überhaupt wissen, was ich im Großen und Ganzen von ihr als meinem Personal erwarte. Kann die kochen?

Falls nicht, echt dumm gelaufen, der Vorrat an Katzenfutterdosen ist irritierender Weise nicht mehr der aller Größte. Hätte die Frau da nicht ein oder zweihundert Dosen nach legen können? So wenig Dosen finde ich mehr als beunruhigend.

Hoffentlich gehen mir nicht die Mäuse aus, ich hasse Nahrungsengpässe.

Tonto, voller böser Vorahnungen!

Cassoulet d'agneau aux haricots blancs
(auf gut deutsch – Lammeintopf mit
weißen Bohnen)
für 4 Personen

ca. 800 g Lammragout
Salz / Pfeffer aus der Mühle
1 gewürfelte Zwiebel
1 Möhre, geputzt und gewürfelt
2 - 3 Zweige Rosmarin
¼ l trockener Weißwein
¼ l Geflügelfond
200 g getrocknete weiße Bohnen
1 ½ l Wasser
1 Lorbeerblatt
Bohnenkraut
8 halbe, getrocknete Tomaten

Bohnen über Nacht in Wasser einweichen.

In einer Kasserolle mit dem Einweichwasser, Lorbeerblatt und mit der Hälfte des Bohnenkrauts zum Kochen bringen.

Temperatur runter schalten, die Bohnen leise köcheln lassen, bis sie gar sind. Erst dann salzen.

Abgießen, 400 ml der Kochflüssigkeit auffangen.

Bohnen in der Kasserolle an die Seite stellen.

Die Tomaten mit 250 ml der Bohnenflüssigkeit übergießen und 10 Minuten ziehen lassen, bis sie weich sind.

100 g Bohnen zusammen mit Tomaten und der Flüssigkeit pürieren, an die Seite stellen.

Das Lammragout salzen, pfeffern. Im auf 220 Grad vorgeheizten Backofen auf mittlerer Schiene in einer Auflaufform circa 30 Minuten braten. Das Fleisch des öfteren wenden.

Mit der Zwiebel, der Möhre, dem Rosmarin und dem restlichen Bohnenkraut bedecken. Weißwein und Geflügelfond dazugeben. Die Auflaufform mit einem Deckel verschließen.

Die Hitze auf 175 Grad reduzieren. 2 bis 2 ½ Stunden garen, bis das Fleisch butterweich ist.

Nicht vergessen, das Fleisch gelegentlich mit dem Fond zu übergießen.

Das Ragout aus dem Backofen nehmen.

Den Fond durch ein Sieb passieren.

Alle Zutaten mit den restlichen Bohnen und dem Tomatenpüree zum Köcheln bringen. Noch 20, 30 Minuten bei kleiner Hitze ziehen lassen.

Servieren Sie das Cassoulet sehr heiß.

Als Beilage knuspriges, ofenwarmes Baguette und frischer, grüner Salat.

Zum Cassoulet passt ein Rotwein vom Chateau d'Estoublon. Der Wein sollte in diesem

Fall nicht auf Zimmertemperatur gebracht werden, er kann zum Cassoulet auch kühler sein.

Vielleicht direkt aus dem Weinkeller? Aber auf keinen Fall aus dem Kühlschrank. Kühl aus dem Keller passt er viel besser zum Cassoulet.

Oder doch lieber ein eiskaltes Bier?

Allerdings könnte sich diese Frage sehr schnell erübrigen, falls ich das Cassoulet vor Ihnen in die Pfoten kriege!

Aber sagen Sie sich einfach, man muss auch Gönnen können.

Trösten Sie sich mit dem Wein!

Hungerhaken und Diätwahn!
Kapitel 19

Also, verdammter Mist. Ehrlich! Ich hatte wieder Recht. Da hätte ich aber auch drauf verzichten können. Klar war was im Busch. Die Frau ist weg. Nach Frankreich! Beruflich, wie sie behauptet?! Oder will die sich nur amüsieren? Ohne uns? Das möchte ich mir beim besten Willen nicht vorstellen.

Hat ihre Sachen gepackt, uns noch mal zum Abschied gekrault und uns ein paar Leckerchen als Trostpflaster in die Küche gestellt. Nun raten Sie was? Käserollis!!! Welcher Kater, der auf sich hält, mag denn so was? Und das war es dann. Au revoir und Tschüß, dann war nur noch eine Staubwolke zu sehen! Was für eine Frechheit, eine bodenlose Gemeinheit, eine absolute Unverschämtheit!

Ich hab noch überlegt, ob ich ihr eine Maus in einen Koffer lege. Vielleicht in ihre Schuhe, damit sie eine schöne Erinnerung an uns hat, egal wo sie im Moment auch sein mag, aber die drei anderen haben genervt und versucht, es mir auszureden. Und bis ich mich durchsetzten konnte, waren ihre Koffer bereist geschlossen, Chance verpasst. Game over! Schade, ich hätte gedacht, eine saftige leckere Maus wäre eine schöne Überraschung. Die Frau sagt immer, dass sie Überraschungen mag, positive natürlich. Ich finde, Mäuse sind eine sehr positive Überraschung.

Nicht positiv ist, dass wir nicht wissen, wie lange die Frau weg sein wird, sie hat nichts gesagt. Nur „In ein paar Tagen bin ich wieder da!" Warum braucht sie dann aber 3 Koffer? Die reichen doch locker für Monate. Hat sie gelogen? Braucht man für ein paar Tage mehr als nur eine klitzekleine Reisetasche? Mir persönlich würde das reichen. Vielleicht noch ein kleinerer Schrankkoffer für das Katzenfutter. Mehr brauche ich nicht. Was die da wieder alles mit sich schleppt?

Sehr übel ist, dass ihre Freundin aus Düsseldorf gekommen ist, die arrogante Tuse, die von Katzen nicht die geringste Ahnung hat. Die kennt nur Hunde. Die weiß nicht mal, dass wir nachts im Bett schlafen. Wo denn wohl auch sonst?

Katzenkörbchen? Lächerlich! So ein schönes weiches komfortables Bett ist doch für Kater wie mich wie gemacht. Und die Tuse, was macht die? Sie schließt die Schlafzimmertür! Sperrt uns aus! Die wird sich noch wundern!

Die bekommt das volle Programm. Lupita kann so wunderbar jammern und anklagend schreien, laut und durchdringlich. So schrill, dass Sie glatt glauben könnten, in nächster

Nähe würde gerade ein Meuchelmord geschehen. Wenn diese Tuse glaubt, dass sie nur ein Auge zu bekommt, oder zumindest ein halbes, kennt die keine Katzen. Da muss sie noch einiges lernen. Und wir anderen könnten zu Lupitas Unterstützung schön laut an der Tür kratzen oder auf dem Boden schaben. Scharfe Krallen und edles Eichenparkett, das kommt gut. Sie wird es lieben. Wenn wir mit der fertig sind, kann die froh sein, wenn wir sie auf dem Sofa schlafen lassen.

Das größte Übel ist, dass diese Dosenöffnerin nicht kochen kann. Will sie auch nicht. Sie hasst Kochen. Weil sie auf Diät ist. Und das immer. Die ist dem Wahn verfallen, zu glauben, sie müsse in Kleidergröße 34 oder noch weniger passen.

Hat die noch nie gehört, wie großartig Essen sein kann???

Ja, und weil sie selber ständig auf Diät ist, will sie uns ebenfalls quälen. Uns? Mich! Sie hat mich angesäuert, mürrisch und sehr herablassend von oben herab, angeguckt und dann die bodenlose Frechheit besessen, zu behaupten, ich sei zu dick. Zu dick? Hallo? Ich? Was glaubt die, was einen sinnlichen und starken Kater ausmacht? Haut und Knochen? Wohl kaum! Ich bin nicht zu dick, ich bin extrem gut gebaut, ein Kater von Format. Wenn diese Tuse von den 2 bis 3 Tomaten am Tag und ihren Salatblättern satt wird, soll sie doch. Für uns gilt das nicht. Selbst Lola, die eitel ist und auf ihre Figur achtet, sagt laut und deutlich „SO NICHT, MEINE LIEBE ! Wir brauchen viel mehr Futter." Dieser Diätwahn ist wirklich widerlich.

Für wen hält die sich eigentlich? Die Königin aller Salatblätter? Muss eine Frau von über 40? (wer's denn glaubt) und einer Körpergröße von 174 cm wirklich noch Größe 34 haben? Size zero? So wie ein armes ausgehungertes Model? Nichts als Haut und Knochen, kein bisschen Fleisch mehr auf den Rippen. Wer wundert sich da, dass sie schlechte Laune hat. Da muss die ja griesgrämig werden,

Ich finde, fülliger ist schöner. Man möchte doch etwas Warmes, Weiches zum Anfassen haben. Die Frau sagt immer, wenn man so mager ist, hat man auch viel mehr Falten. Die Frau fehlt uns.

Hoffentlich kommt sie bald zurück.

Apropos, habe ich warm, weich, zum Anfassen gesagt? Da läuft eine warme, weiche Maus durch unseren Garten.

Da muss ich jetzt unbedingt hinterher. Etwas Leckeres zum Anfassen!

Habe keine Zeit mehr, Tonto!

Friséesalat mit Ziegenkäse
Für 4 Personen

1 Friséesalat
60 g grob gehackte Walnüsse
4 Ziegenfrischkäse
6 EL. Olivenöl
1 - 2 EL. Birnenbalsamico
Salz / Pfeffer aus der Mühle
1 kleine, gehackte weiße Zwiebel

Den Friséesalat waschen, putzen, und trocken schleudern, in mundgerechte Stücke pflücken.

Das Olivenöl, Balsamico, das Salz und Pfeffer zu einer Vinaigrette verrühren.

Die Zwiebeln dazu geben.

Mischen Sie die Vinaigrette mit dem Frisée und richten Sie ihn auf vier großen Tellern an.

In einer beschichteten Pfanne die gehackten Walnüsse rösten. Ziegenkäse auf den Salat geben, mit den Walnüssen bestreuen.

Dazu Baguette und ein aromatischer Rosé vom Chateau d'Esclans.

2016 gab es einen Rosé, der einen Duft nach Birnen, Mirabellen und Pfirsichen verströmte. Die Frau meint, den hätte man glatt als Parfüm benutzen können. Und so lecker!

Sagt die Frau. Ich trinke ja nicht!

Was den Salat anbelangt, ich bin eher bescheiden, ich brauche nur den Ziegenkäse.

Ich bitte Sie, bedienen Sie sich ruhig reichlich vom Wein.

Aber mal so neben bei. Parfüm? Wein? Spinnt die? Die hat mindestens 40 verschiedene Parfüms in ihrem Bad. Was für eine blöde Idee. Da würde es jedem Weintrinker das Herz zerreißen.

Jetzt lacht die mich auch noch aus. Ich solle das nicht wörtlich nehmen, dass sei bildlich gemeint. Und, woher soll ich das wissen? Bei der weiß man doch nie, was für schräge Ideen sie mal wieder hat.

Die kann mich mal...! Reingefallen! Das wollte ich nicht sagen. Was Sie nur immer denken! Ich meinte, die kann mich mal wieder füttern. Oder glauben Sie, ich habe so schlechte Manieren?

Tomatensalat mit Schafskäse
Für 4 Personen

4 mittelgroße, aromatische Tomaten
1 große milde Zwiebel
Schafskäse nach Geschmack
Salz / Pfeffer aus der Mühle
Zitronenthymian
Olivenöl
Rotweinessig

Tomaten waschen, trocken tupfen, in Scheiben schneiden. Stielansätze entfernen.

Die Zwiebel in feine Ringe schneiden, darüber geben. Mit Schafkäsewürfeln belegen.

Aus dem Olivenöl, Essig, Salz und Pfeffer, eine Vinaigrette rühren. Über den Salat geben.

Mit dem Zitronenthymian dekorieren.

Wenn Sie mehr Kaninchenfutter wollen, geben Sie noch Eichblattsalat dazu.

Dazu passt Olivenbaguette.

Und ein runder, leichter Rotwein, ein Costières de Nimes, La Pinède.

Um den Schafskäse sollten Sie sich keine Sorgen machen. Ich finde ihn häufig ein wenig zu salzig.

Davon abgesehen, bevorzuge ich Ziegenkäse.

**Ich bin der Pate,
schöne Grüße von der Katzenmafia!
Kapitel 20**

Also, die fetten Jahre sind vorbei, bei uns sind so richtig magere Zeiten angebrochen. Unser Futter wird von der Tuse radikal rationiert, keiner von uns hängt mehr in der Küche ab. Was soll man da, wenn es nichts zu essen gibt. Die durchgeknallte Düsseldorferin hat bis heute noch kein einziges Mal den Herd angestellt. Ich erwarte von meinem Personal da doch etwas anderes. Die trinkt noch nicht mal Alkohol. Wobei die Frau sagt, Wein sei kein Alkohol, eher eine Art Traubensaft. Viele, sehr viele Vitamine! Sehr gesund!

Aber diese dämliche, magersüchtige Tuse trinkt Wasser, natürlich nur stilles. Hat die Angst, dass Kohlensäure sie dick machen könnte? Vermutlich benutzt sie auch keine Fettcreme für ihr Gesicht, die könnte ja versteckte Kalorien haben.

Das Leben hier macht keinen Spaß mehr. Wir hängen jetzt alle lieber bei den Nachbarn ab, da ist wenigstens noch Leben in der Bude. Die haben nicht vor, uns das Futter zu rationieren. Letztens habe ich aus Verzweiflung schon Kartoffelpüree bei denen gegessen, ohne Fleisch, nur mit Butter.

Ich hoffe nur, dass ich aus Versehen nicht noch zum Vegetarier werde! Aber im Moment sind wir froh über alles Essbare, denn die zwei

Dosen am Tag, die wir vier uns teilen sollen, reichen vorne und hinten nicht. Das ist bestenfalls was für den hohlen Zahn.

Gestern habe ich die ganze Nacht nur vom Essen geträumt, habe dicke saftige Rinderrouladen und schöne krosse Frikadellen im Traum gesehen und gerochen. Was für ein göttlicher, köstlicher Duft. Sogar gefülltes Gemüse könnte ich mir vorstellen. Hauptsache, nahrhaft.

Das kann nicht mehr lange so weiter gehen. Wo steckt die Frau bloß? Wir brauchen sie. Und zwar schnell. Ich hätte niemals angenommen, dass ich es jemals laut aussprechen würde, aber ohne sie ist unser Leben nicht mehr das, was es einmal war.

Wo sind die Käse, die leckeren Kuchen, all die verlockenden Dinge, die ich sonst immer von der Anrichte mopsen konnte?

Das ist Folter.

Wir werden bösartigst unterdrückt und unserer Rechte beraubt durch eine selbst ernannte, völlig idiotische Diätpolizei. Wenn das so weitergeht, sollte ich den Katzenschutzbund oder eine andere Organisation zur Durchsetzung und Wahrung der Rechte bevormundeter Katzen anrufen. Irgendjemand muss uns schließlich schützen. Es gibt heutzutage für alles Aktionsbündnisse. Rettet die Bienen, rettet die

Eichhörnchen, rettet unseren Wald, rettet den Osterhasen, rettet die Wale, den Weihnachtsmann, den Klapperstorch, rettet die deutsche Sprache, rettet XYZ oder wen und was auch immer. Aber bitte, bitte, vor allen Dingen und zu aller erst, rettet uns Katzen vor dieser Diätwahnsinnigen!!!!

Wie können wir die am besten verjagen, wir brauchen jemand anderen, bis die Frau zurückkommt. Ich denke, ich sollte mal mit Zorro reden, Sie erinnern sich, meinem Kumpel sieben Häuser weiter links. Er behauptete felsenfest vor einigen Tagen, er hätte mit an Sicherheit grenzender Wahrscheinlichkeit (seit wann ist der Typ Jurist?) eine Blindschleiche auf einem Feldweg in der Nähe gesehen. Vielleicht ist das unsere Rettung. Ob diese Städterin weiß, dass Blindschleichen gar nicht giftig sind? Ich habe nicht den blassesten Schimmer!

Wir müssten die nur fangen und unauffällig ins Haus bekommen. Sie ihr ins Bett legen, liebevoll auf dem Kopfkissen drapiert. Das hat im Paten doch auch geklappt. War da wohl ein Pferdekopf. Ein alter Mafiabrauch. Wobei ein Pferdekopf wäre ein wenig übertrieben, und vor allen Dingen, wie sollen wir den in den ersten Stock bekommen? Zu groß, zu schwer.

Logistisch gesehen leider nicht machbar!

Ich geh mal Zorro besuchen, vielleicht kann ich unterwegs noch einige saftige Feldmäuse fangen.

Tonto, in Wallung!

Rinderrouladen mit Tapenade
Für 4 Personen

4 schöne große Rinderrouladen
4 Streifen durchwachsener Speck, à 0,5 cm
Olivenöl
Salz / Pfeffer aus der Mühle
Tapenade von schwarzen Oliven
1 Knoblauchzehe
trockener, kräftiger Rotwein

Die Rouladen waschen, trocken tupfen.

Mit der Knoblauchzehe einreiben. Salzen und pfeffern. Mit Tapenade bestreichen. Pro Roulade einen Streifen Speck mit einwickeln.

Zusammenrollen und mit einem Zahnstocher fixieren.

Scharf anbraten Denken Sie an die Röststoffe. In Rinderbrühe und Rotwein bei kleiner Hitze 2 bis 3 Stunden garen lassen.

Servieren Sie dazu Kartoffelpüree, das Sie mit getrockneten Tomaten und reichlich schwarzen Oliven anreichern können.

Dazu passt ein aromatischer kräftiger Rotwein vom Chateau de la Coulerette, AC, La Londe.

Verwenden Sie ihn auch zum Kochen, es lohnt sich. Sie brauchen letztendlich etwas, an dem Sie sich festhalten können, falls ich schneller bin als Sie.

Sie sollten es langsam auch wissen. Ja, dann gibt es keine Rouladen mehr. Gar keine. Nicht eine Einzige! Dumm gelaufen! Für Sie! Nicht für mich!

Aber trösten Sie sich. Ich habe letztens gehört, Kartoffelpüree könne sehr nahrhaft sein. Und Sie haben ja auch noch die getrockneten Tomaten und die Oliven da drinnen.

Notfalls nehmen Sie noch ein bisschen Butter dazu!

Frikadellen mit Roquefortfüllung
Für 4 Personen

600 g gemischtes Hackfleisch
1 scharfe Zwiebel, kleingehackt
1 Ei
1-2 Scheiben entrindetes und eingeweichtes
Toastbrot
Roquefort
Salz / Pfeffer aus der Mühle
Olivenöl

Zutaten bis auf den Käse gut mischen.

Mittelgroße Frikadellen formen, in deren Mitte einen knappen Teelöffel Roquefort geben.

In Olivenöl schön kross braten.

Auf Küchenpapier legen und das Fett abtropfen lassen.

Dazu Knoblauchbaguette, gemischter Salat oder einen Tomatensalat mit frischer Minze.

Dazu, wie immer, eine Flasche Rotwein, einen Cotes de Provence, AOC, Domain des Fouques.

Der riecht lecker, so ein bisschen nach Thymian und Minze. Ob das wohl Katzenminze ist?

Sie wissen ja, Tomaten mag ich nicht, aber die Katzenminze sollte ich schon irgendwie aus dem Salat bekommen.

Und lassen Sie auf jeden Fall den Roquefort aus meinen Frikadellen. Ich bevorzuge ihn eher als separaten Käse Gang.

Alles klar? Oder haben Sie etwa noch Fragen? Nein, aber ich bitte Sie! Keine Angst, Sie müssen nicht Hunger leiden. Sie haben das Baguette, die Tomaten und auch die Zwiebeln, die in die Frikadellen kommen. Ich brauche die nicht. Für mich können sie die auch gerne weg lassen.

Kleine, gefüllte Gemüse
(Petits légumes farcis),
eines der bekanntesten Rezepte der Provence
pro Person

1 kleine Tomate
1 kleine, runde Zucchini
1 kleine Gemüsezwiebel
1 kleine Paprikaschote
ausreichend Lammgehacktes
1 Scheibe entrindetes Toastbrot
1 Schuss Mineralwasser
1 Ei
Salz / Pfeffer aus der Mühle
Knoblauch
frischer Thymian
glatte Petersilie

Die Gemüse putzen, waschen, trocken tupfen.
Die Deckel waagrecht abschneiden, alle Gemüse vorsichtig aushöhlen, bitte dabei aufpassen, dass sie nicht die Außenwände verletzen.

Fruchtfleisch der Tomaten und der Zwiebeln an die Seite stellen..

Das Fruchtfleisch mit Lammhack, einem Schuss Mineralwasser, dem entrindeten eingeweichten Toastbrot, gehackten Knoblauch,

Thymian, Salz Pfeffer und dem Ei mischen. Geben Sie die Masse in die ausgehöhlten Gemüse.

Das gefüllte Gemüse in eine Auflaufform setzen. Mit den Semmelbröseln, gehackter Petersilie und Knoblauch bestreuen, mit Olivenöl beträufeln.

Bei schwacher Hitze gut 1 Stunde bei 180 Grad im Ofen garen.

Dazu passen Baguette oder roter Reis aus der Camargue und ein ausgewogener Rosé.

Vielleicht ein Chateau Miraval Rosé, Jolie-Pitt & Perrin. Wenn Sie ihn dort direkt vor Ort gekauft haben, hätten Sie bis vor einigen Jahren das Glück haben können, einen Blick auf Angelina Jolie oder Brad Pitt zu werfen. Von sehr weitem!

Ehrlich gesagt, diese Chance war bereits damals minimal und heute ist alles bereits Geschichte. Das Paar ist getrennt, aber der Wein hat Bestand!

Die Füllung für das Gemüse eher nicht, falls ich sie vor der Frau in die Pfoten bekomme.

Können Katzen wirklich böse sein?
Kapitel 21

Also, ja, ich weiß, ich wiederhole mich. Aber ich muss es noch mal sagen. Ich bin einfach genial. So was von genial. Die Sache mit der Blindschleiche war absolut der Renner.

Gegen mich ist selbst die albanische Mafia ein hilfsbereiter freundlicher Pfadfinderverein!

Ehrlich gesagt, ich bin mir nicht mal sicher, ob das eine Blindschleiche war. Es könnte ebenso gut ein recht großer Regenwurm gewesen sein, aber wer will das schon so genau wissen.

Das Resultat gab uns Recht. Unsere Aktion war ein sehr großer durchschlagender, nachhaltiger Erfolg. Ein Knaller!

Der Pate war Kinderkino dagegen.

Aber jetzt der Reihe nach. Zorro und ich haben die Blindschleiche gefunden und diskret ins Haus gebracht. Lupita meinte nur, wenn das mal gut geht, denn das Dings mit Hugo hatte damals noch ein kleines Nachspiel. Aber wie wir wissen, Lupita ist geradezu übervorsichtig.

Ja, ich weiß, das habe ich bis jetzt vergessen zu erwähnen, die Frau hätte damals fast ihre Kunden verloren, weil ich angeblich dem lieben Üugooh so böse, fies und gemein zugesetzt hätte. Was für ein Quatsch, mir war letztendlich keine Schuld zu beweisen.

Die Frau hat, dafür ist sie auch bekannt, schnell noch mal die Kurve gekriegt. In die Richtung wie: Armer, kleiner Kater, damals ausgesetzt, einsam verängstigt, so allein, Hundephobie, Trauma etc., etc.... !

Na, wenn's denn geholfen hat. Lola und Picasso haben bewundernd geguckt und gemeint, hier sei wahrlich ein Meister am Werk. Recht haben sie, die beiden. Wenn die will, und manchmal will sie, kann die Frau sehr überzeugend sein.

Die Blindschleiche liegt nett und adrett und außerdem ziemlich tot auf dem Kopfkissen. Stilvoll mit dem Plumeau bedeckt. Dann ist Show Time! Die liebe Diätsüchtige kommt ins Schlafzimmer, zieht sich aus, will sich aufs Bett fallen lassen und sieht das nette, kleine poussierliche Tierchen. Das Geschrei hätten Sie bis kurz hinter Timbuktu hören können, die ist ausgerastet. Dass sie nicht die Polizei geholt hat, war aber auch schon alles.

Erst schreit sie im Schlafzimmer rum, dann in der Küche und zum Schluss im Garten. Erzählt was von extrem giftigen und hoch gefährlichen Reptilien und den Gefahren des Landlebens, bis dann endlich einer unserer Nachbarn Mitleid hat und rüber kommt, um sich ihrer zu erbarmen und das gefährliche Reptil zu entfernen.

Nicht ohne sie noch darüber aufzuklären, dass dieses kleine niedliche Tierchen a.) weder giftig noch b.) eine Schlange, sondern wohl c.) eher ein Regenwurm, d.) wohl mehr als tot sei und e.) eine gestandene Frau doch in der Lage sein sollte, so ein kleines Tierchen selber entfernen zu können. Sagen wir es so, das ist nicht wirklich gut bei ihr rüber gekommen.

Wieder sicher im Haus angelangt, schreit sie hysterisch und laut am Telefon weiter, erzählt der Frau aufgelöst, dass anständige Menschen doch eher Hunde hätten, weil diese wesentlich freundlicher seien und Katzen, besonders ich, in der Tat das Allerletzte. Böse, hinterhältig, ohne nur den kleinsten Anflug von Erziehung oder Schamgefühl und völlig ohne Schuldbewusstsein. Und sie absolut keine Lust mehr habe, sich um diese Teufelsbrut zu kümmern.

In der Stadt liefe alles geordneter und da gebe es auch keine Giftschlangen, glitschige ekelige Würmer, tief fliegende Killermücken oder gar Moskitos.

Mein Gott, wird die nicht langsam mal heiser?

Dann hat sie der Frau das Telefon mit Wucht auf die Station geknallt, ihren Koffer gepackt, dem Nachbarn die ganze Palette an Hausschlüsseln in den Briefkasten geschmissen und ist wieder nach Düsseldorf ab gerauscht. Im Schlafanzug. Die war derartig und komplett durch den Wind, dass sie noch nicht mal gemerkt hat, dass sie nicht richtig angezogen war. Oder nennen Sie einen rosa Pyjama mit Häschenmuster wirklich gut gekleidet?

Ein dreifaches Halleluja! Gesegnet sei der Herr! Es gibt doch einen Katzengott.

Jetzt kommt der nette Nachbar drei oder viermal am Tag vorbei, um uns zu füttern, bis die Frau aus Frankreich zurück ist. Er versorgt uns großzügig, denn ihm ist klar, was Katzen wirklich brauchen. Und es ist nicht nötig, dass ständig eine Aufsicht um uns herum ist. Wie man sieht, kommen wir bestens alleine klar.

Ich bin jetzt endlich wieder entspannt.

Zumindest bis die Frau zurückkommen wird. Es könnte möglich sein, dass es dann ungemütlich wird. Heute jedoch wird es ein schöner Tag.

Tonto, ich geh mal ein paar Mäuse fangen.

P.S.: Habe die gemeingefährliche, giftige Schlangen-/Blindschleichen-/Regenwurmleiche, die der Nachbar gedankenlos weggeworfen hatte, wiedergefunden und bis jetzt noch nicht entsorgt. Man kann nie wissen, wofür man sie eines Tages noch brauchen wird.

Wo aber verstecken? Wieder im Bett? Unter der Matratze? Im Kleiderschrank in den Socken oder hinter den Satinlaken? In ihren BHs? Hinter ihren Kaschmirpullovern? Im Kühlschrank? Kühltruhe? Hilfeeeeee!!!!!

Eiskalte, hartherzige Frauen!
Kapitel 22

Also, nach unserem unvergesslichen und absolut einzigartigen Coup mit der Leiche hatte ich noch ein paar schöne ruhige Tage. Ich hab zusammen mit den beiden anderen in der warmen Sonne auf dem Garagendach abgehangen, auch ein bisschen gejagt und bin ab und zu mit Zorro nachts auf die Rolle gegangen. Bis die Frau dann wieder kam.

Die war im absoluten Tiefflug wegen dieser Lappalie. Unverschämt nannte sie es, undankbar und sehr boshaft. Na, ich weiß nicht, sie ist doch selber schuld. Was lässt sie uns auch allein? Und wenn sie schon weg muss, dann soll sie für unsere Versorgung gefälligst einen Menschen nehmen, der Katzen versteht. So schwer ist das doch schließlich auch nicht! Oder?

Na, dann hat sie von Hausarrest gesprochen, im Keller einsperren, Trockenbrot und Wasser. Keine Leckerlis mehr, nur noch dieses Billigfutter, das wir nicht mögen. Und als wir dann die Nahrung verweigern wollten, kam da nur ein bitterböser Blick, entweder das oder gar nichts. Bitte sehr, wenn ihr lieber verhungern möchtet, mir soll es Recht sein.

Selbst als Picasso vor Hunger entkräftet vor den fast leeren Futternäpfen mit diesem ekelhaften Billigdosenfutter vor lauter Schwäche quasi fast ohnmächtig umgefallen ist und kaum noch seinen Kopf heben konnte, ließ sie sich nicht erweichen. Und Picasso war wirklich richtig gut. Die Frau ist wirklich eiskalt, zutiefst böse und gemein!

Sie hat die leckersten Sachen aus der Provence mitgebracht. Die ganzen Wurstsorten, von denen Sie hier bei uns nur träumen können. Vom Esel, Wildschwein, vom Hirsch, vom Rind. Sogar von den Kampfstieren in der Camargue. Warum von den Stieren? Wurst von den Toreros fände ich um einiges besser. Und mal ganz ehrlich, das hätten die verdient, gerechter Weise als Wurst zu enden. Wenn sie Stiere quälen. Ich denke, Torerowurst mit schwarzen Oliven und Rotwein hätte ich sehr gerne in unserer Vorratskammer. Mal abgesehen von all den netten Würsten mit grünen Oliven, mit schwarzen Oliven, Walnüssen, Fenchel oder Haselnüssen, mit Rotwein oder mit Anis gewürzt. Leckere feine oder grobe Pasteten, die möglichen Varianten siehe oben.

All die verschiedene Sorten Ziegenkäse. Sorten, die es bei uns nicht gibt. Mit Argusaugen hat sie darüber gewacht, mir ist nicht der kleinste Diebstahl gelungen. Was ist die doch für ein gemeines Luder! Bösartig! Hätte sie nicht einmal wegschauen können?

Mensch, also wenn die sauer wird, dann aber wirklich richtig!

Dann hat sie alle ihre Freundinnen zum Essen eingeladen, diese leckeren Dinge aufgetischt und die Bombe hoch gehen lassen.

Sie geht nach Frankreich. Nicht für immer, nur für ein halbes Jahr. Ein schöner großer und fetter Einrichtungsauftrag. Ein Hotel! In Maussane! Wie sie behauptet, die Chance ihres Lebens. Hatte die nicht schon ausreichend Chancen in den letzten Jahren? Sie hat bereits so viel erreicht, warum will sie immer noch mehr?

Wir haben es hier, abgesehen von der aktuellen Futterlage, ziemlich gut. Warum nur will sie weg? Was bitte, soll aus uns werden? Lässt die uns etwa hier zurück, nur weil ich mich ein wenig daneben benommen habe? Oder, unter Umständen noch viel schlimmer, müssen wir etwa mit? Was wird denn dann aus ihrem Haus, ihrem Show Room?

Das kann sie doch nicht so einfach aufgeben! Fragen über Fragen, keine Antworten.

Ihre Freundinnen sehen das lockerer. Gut, erst kommt das große Heulen und Jammern. Mein Gott, was sollen wir nur ohne dich machen? Du bist dann ja so weit weg. Aber dann werden sie alle sehr schnell ganz praktisch.

Sag mal, hast du denn schon was zum Wohnen gefunden? Ach ja, hoffentlich auch gleich mit einem großen Pool und wie viele Übernachtungsmöglichkeiten gibt es bei dir?

Weißt Du noch, diese göttliche provencalische Küche? Gibt es noch das romantische Restaurant in Fontvieille mit dem leckeren Spargelsalat, und erinnerst du dich an die phantastische Dorade in Salzkruste?

Ja, schon schnappen sie sich ihre Terminkalender und fangen mit der Urlaubsplanung an.

Und wir, vor allen Dingen ich, stehen vor den Trümmern unserer Existenz. Gut, die Roten haben bereits Auslandserfahrung, sie kamen damals aus Malta. Und Lupita kommt so oder so von einem anderen Stern und ist in ihrem Alter ja auch sehr welterfahren.

Aber ich bin ein deutscher Kater. Bodenständig wie eine westfälische Eiche und ich hasse solche Veränderungen. Ich will nicht ins Ausland. Nein! Warum sollte ich? Nein, und nochmals nein, niemals!

Ob es etwas bringt, wenn ich mich an unserer Regenrinne festkette oder besser am Gartentor? Beide schön massiv. Das Gartentor ist aus Eisen! Da kriegt die mich doch nicht weg? Oder? Ich muss hier raus, ich muss in den Garten, muss mich beruhigen, ein paar Mäuse fangen und mit einer kleinen Prise Valium würzen.

Meine Nerven liegen blank. Ich kann nicht mehr!

Tonto, das Leben kein Ponyhof!!

Spargelsalat
Für 4 Personen

500 g grüner Spargel
8 EL. Olivenöl
4 EL. Trüffelöl
1 TL Dijonsenf
1 EL. Balsamico
Salz / Pfeffer aus der Mühle
4 Zweige Kerbel

als Variante:
eventuell ein paar Erdbeeren
Erdbeerbalsamico

Spargel putzen. Bei grünem Spargel das untere Ende. Mehr ist nicht nötig.

In Salzwasser mit etwas Zucker bissfest garen.

Aus dem Olivenöl, Trüffelöl, Balsamico, Senf, Salz, dem Pfeffer eine Vinaigrette rühren.

Die Vinaigrette leicht erwärmen.

Spargel auf den Tellern anrichten.

Mit Vinaigrette beträufeln, und mit dem Kerbel dekorieren.

Dazu Baguette und ein Rosé von der Domaine Vallon des Glauges in Eyguières.

Wenn Erdbeersaison ist, können Sie auch gerne Erdbeeren zum Spargel geben. Lassen Sie einfach das Trüffelöl und den Senf weg und ersetzen Sie den Balsamico durch Erdbeerbalsamico. Lecker!

Etwas Rucola passt dann auch noch gut dazu. Sagt jedenfalls die Frau.

Und noch kurz zu Ihrer Beruhigung, Katzen hassen Spargel!

Oder haben Sie vielleicht schon mal einen Kater an einer Spargelstange lutschen sehen?

Na also!

Dorade in Salzkruste
Für 4 Personen

Eine Dorade von ca. 1 ½ kg
2 kg Meersalz
Pfeffer aus der Mühle
Thymianzweige
glatte Petersilie
Zitronenmelisse
Olivenöl

Die schon ausgenommene Dorade waschen und trocken tupfen.

Die Bauchhöhle pfeffern, und mit den Kräutern füllen.

Den Boden einer feuerfesten Form mit angefeuchtetem Salz dick belegen. Darauf die Dorade betten. Mit dem restlichen Salz bedecken. 20, 30 Minuten bei 220 Grad im vorgeheizten Backofen garen.

Die Salzkruste erst beim Servieren zerschlagen.

Dazu Petersilienkartoffeln und ein weißer Cotes de Provence, AOC, vom Mas Sainte Berthe in Les Baux.

Viele der Weingüter in den Alpilles sind für ihre herausragenden frischen Rosés bekannt. Der Mas St. Berthe ist die große Ausnahme, er ist berühmt für seine Weißweine. Wenn Sie die gewünschte Menge nicht rechtzeitig reservieren, und zwar 2 Jahre vorher, haben Sie keine Chance, noch etwas abzubekommen. Aber trösten sie sich, die Rosés und Roten sind auch ausgezeichnet.

Bevor ich das vergesse, entfernen Sie bloß die Salzkruste von der Dorade, bevor ich mich davon bediene. Die ist eine Zumutung!

Leute! Ich versalze mir doch nicht meine Pfoten beim Wegschleppen.

copyright by bina-art

Umzugspläne und Freundinnen!
Kapitel 23

Also, der Frau ist es ernst mit ihrem Umzug. Ich habe bis jetzt nicht mal richtig verstanden, was da alles auf mich zukommt und bemühe mich noch, diesen heftigen Schock zu verarbeiten, da hat sie längst alles geplant.

Schon von Frankreich aus.

Die Frau hat eine gute alte Freundin. Die kennt sie bereits seit ihrer Studienzeit. Die hat eine sehr lange Zeit in Portugal gelebt. Als sie vor 4 Jahren nach Deutschland zurückkam, hat sie ein kleines Geschäft für portugiesische Keramik aufgemacht.

Ist damit komplett baden gegangen. Was heißt das? Baden gegangen? Wie kann man einen Laden baden?

Ach ja, ich verstehe, das hat nicht so geklappt, wie sie es sich vorgestellt hatte. Die Leute haben nicht genug gekauft. Schon komisch! Bei der Frau kaufen sie alle wie verrückt. Das muss wohl an mir liegen. Weil sie alle mich sehen wollen. Was denn auch sonst? Egal. Wie auch immer! Anyway.

Die Freundin ist jetzt pleite. Hat kein Geld mehr. Ist wohl zum Jobcenter gegangen, eine staatliche Organisation, die sich um Menschen kümmert, die keine Arbeit haben.

Damit diese Personen ihre Miete, die Kosten für Strom, Heizung und ihr Essen bezahlen können, bis sie dann einen neuen Job gefunden haben, den dieses Amt eigentlich vermitteln soll. Einen guten Job zu finden, das sei heutzutage nicht so einfach. Sagt ihre Freundin. Denn Arbeitgeber wollten am liebsten Leute mit viel Erfahrung, aber maximal 20 Jahre alt, die natürlich, was sonst auch, gerne für fast umsonst arbeiten. Ach was, noch Geld mitbringen, damit sie arbeiten dürfen. Da will die Freundin nicht mitmachen. Sie meint, sie weiß genau, was sie kann und das sei auch gutes Geld wert.

Ob es so ein Amt auch für Katzen gibt? Falls doch etwas schief gehen sollte? Bin schließlich zwangsberufener Dekokater und begnadeter und talentierter Mäusefänger.

Für den Fall, dass die Frau uns nicht mitnehmen will in dieses komische Land, denn dann muss ich sehen, wo ich bleibe. Ob ich mich weigern sollte, wegzugehen und direkt zu Zorro ziehe?

Sollte ich nicht gleich nach einer dicken Kette suchen? Den Seitenschneider verstecken?

Anyway, jetzt wieder zurück zum Thema. Diese Freundin war mehr als ein ganzes Jahr bei diesem Jobcenter, hat aber blöderweise in der Zeit keinen Job gefunden und die Leute beim Arbeitsamt hatten auch nichts für sie. Haben wohl auch nicht gesucht. Nur versucht, sie in unnötige Kurse zu stecken für Dinge, die sie kann. Wie zum Beispiel einen Computerkurs, obwohl sie diesen Kurs fast selber geben könnte, was Computer anbelangt, da ist sie fit wie ein Turnschuh. Danach sollte ein Englischkurs kommen, obwohl sie für eine lange Zeit in England gelebt hat und englisch natürlich fließend spricht.

Die Freundin ist der Ansicht, die Leute beim Amt hätten sich ihren Lebenslauf bestimmt noch kein einziges Mal angesehen. Nennt die Behörde mittlerweile Agentur gegen Arbeit.

Irgendwann hat das sogenannte Jobcenter der Freundin mitgeteilt, ihre Wohnung sei zu groß und die Miete zu hoch und deshalb müsse sie aus der Wohnung ausziehen und sich eine kleinere suchen. So in der Größe eines Hühnerstalls, sonst zahlten sie nicht weiter.

Die Freundin hat sich geweigert. Da haben sie ihr das Geld gekürzt. Erklärt, wenn sie in der Lage sei, die Wohnung weiter halten zu können, dann müsse sie heimlich irgendwie Geld verdienen und somit den Staat betrügen. Ansonsten sei es nicht erklärbar, wie sie ihre Miete weiter finanzieren könne.

Die Freundin ist der Ansicht, an Zynismus und Menschenverachtung sei diese Haltung nicht zu übertreffen und seit wann hier in

Deutschland ein bloßer Verdacht ausreiche, um Menschen vor zu verurteilen? Sei Deutschland nicht immer noch ein Rechtsstaat? So etwas dürfe es nicht geben.

Die Frau lacht sich schlapp und meint, wer das glaubt, wird selig und ob sie schon mal Schweine hätte fliegen sehen? Ob sie was von dem neuen Polizeigesetz zum Datenschutz (oder sagen wir besser Gesetz zur Aufhebung des Datenschutzes) mitbekommen habe? Es sei noch nicht komplett durch, aber ....! Dann diese widerlichen Neonazis, die aus ihren Löchern kröchen, der Fremdenhass, die ganze unerfreuliche, erschreckende Palette.

Bürgerrechte würden immer weiter abgebaut, Deutschland sei auf bestem Weg zurück in eine politische Steinzeit. Ein Rechtsstaat? Wohl lange nicht mehr!

Die Frau sagt, auch wenn das komisch klingen würde und für manchen auch missverständlich, das Pech ihrer Freundin sei ihr großes Glück.

Sie hat lange mit ihrer Freundin geredet und da diese ihre Wohnung nicht mehr halten kann, wird sie in unser Haus ziehen, dort wohnen und mit Begeisterung unseren Laden, Entschuldigung, so sorry, mea culpa, Show Room, weiterführen. Die Frau sagt, da könne sie sicher sein, dass alles in aller besten Händen sei. Auf ihre Freundin könne sie sich felsenfest verlassen. Und sie könne mit gutem Gewissen nach Frankreich gehen.

Hallo! Was denn jetzt? Was ist mit ihrem guten Gewissen uns gegenüber? Was wird aus uns? Aus mir? Sind wir dann auch in guten Händen? Was plant die Frau? Lässt sie uns hier? Packt sie schon heimlich unsere Koffer?

Und ich weiß nicht, was ich will.

Hier bleiben oder doch mitgehen? Was erwartet mich in dieser komischen Provence?

Ob ich raus gehen sollte, um mich schon mal von meinen alten Kumpeln und meinen Mäusen zu verabschieden?

Tonto, nicht nur voller Sorge, sondern auch noch außerordentlich pessimistisch!

Gibt es überhaupt Mäuse
in der Provence?
Kapitel 24

Also, es wird ernst, Leute. Die Frau war bereits zweimal in dieser Provence und hat dort für uns ein kleines Häuschen in Eygalières (absolut keine Ahnung, wie sich das ausspricht!) gemietet.

Ja, Sie hören richtig! Für uns! Wir müssen mit! Ich weiß aber doch noch nicht, ob ich das will. Was erwartet mich denn da? Die Frau sagt, wir wohnen sehr schön auf einem Mas. Mas? Was ist denn das schon wieder? Müsste ich das wissen?

Lupita schlägt vor, diesen Begriff in unserem Wörterbuch nachzuschauen. Gut, da haben wir es auch gefunden. Mas? Ein Mas ist ein typisches provencalisches Bauernhaus.

Hallo? Und woher sollte ich jetzt wissen, was da typisch ist?

Schiefe feuchte Wände, keine Türen, undichte Dächer? Noch Stroh auf dem Fußboden? Kennen die bereits Badezimmer? Heizungen? Fließendes Wasser? Elektrizität? Ich kann nur sagen, was ich nicht kenne, mag ich nicht.

Ob wir etwa streiken sollten?

Die drei anderen sagen, ich solle mich nicht so blöd anstellen, im Süden könne es sehr schön sein und wärmer als bei uns sei es dort so oder so.

Und wenn sie Unrecht haben?

Auf der anderen Seite, die Frau kocht meistens französisch. Das ist auch sehr lecker. Ich kenne allerdings nicht alles, was sie kocht. Manchmal ist sie schneller als ich und hat das Essen bereits in Sicherheit gebracht, bevor ich vom Dach runter gesprungen bin. Letztens ist mir so ein leckeres Kaninchen mit Senfsauce entgangen. Geschwächt von all meinen Katastrophenvorstellungen, bin ich auf dem Garagendach in Tiefschlaf verfallen und habe zu spät gerochen, dass es schon fertig war. Gut, von dem Birnenkuchen habe ich noch ein gutes Stück erwischt. Das hat mich zumindest ein bisschen getröstet.

Jedenfalls, das letzte Mal hat sie Fotos gemacht von diesem Mas, auf dem wir wohnen werden, um sie ihren Freundinnen zu zeigen.

Was für ein Theater. Mir tun noch die Ohren weh! Mein Gott, wie süß, wie authentisch. Diese leuchtenden Farben, der grelle blaue Himmel, die malerischen Olivenbäume. Der traumhafte Pool! Die Pergola so schön umwachsen mit dem wilden Wein und die antiken Eisenmöbel. Was, die haben jetzt schon 25 Grad da unten? Kaum zu glauben! Und, hast Du ein bereits ein paar von diesen gut aussehenden charmanten Südfranzosen gesehen?

Wenn ich das höre, könnte ich kotzen!

Wen interessiert das? Mich? Mich interessiert nur, ob es da ausreichend Mäuse gibt. Oder etwas ähnliches, das man fangen und verspeisen kann. Die Roten meinen, soweit sie wüssten, müsse es dort Schlangen geben, nicht richtig tödlich giftig, nur so halb und es gäbe dort mit Sicherheit auch Blindschleichen. Falls es mal wieder nötig werden sollte.

Dann gäbe es dort Eidechsen. Ziegen, Schafe. Das interessiert mich nun wirklich nicht. Wie soll ich denn ein Schaf fangen und der Frau auf die Fußmatte legen? Das könnte sogar für mich eine Nummer zu groß sein.

Ich denke, eventuell eine Eidechse. Die habe ich schon auf den Fotos gesehen, die sind nicht groß. Und kennen die da unten überhaupt Fußmatten?

Jedenfalls, nachdem die Weiber weg waren und die Frau endlich schlief, hab ich mir die Fotos mal in aller Ruhe angesehen. Und um ehrlich zu sein, muss ich sagen, das sieht alles gar nicht mal so ganz schlecht aus. Die Frau hat keinen ganzen Mas gemietet. Sie sagt, das sei jetzt bloß für den Übergang, weil das Haus schon möbliert ist. Aber? Hallo! FÜR DEN ÜBERGANG? Welcher Übergang? Was meint sie damit, wenn sie behauptet, für den Übergang sei ein eigener Mas doch wohl zu groß? Was hat sie uns verschwiegen?

Wir haben ein Nebenhaus auf diesem Mas, das war wohl mal das Dienstbotenhaus.

Ein kleines Häuschen ist in meinen Augen etwas anderes. Wir haben, so wie es aussieht, und das ist mir sehr wichtig, eine riesige Wohnküche, mit einem Küchensofa und einem ausladenden Esstisch für 10 Personen. Das Küchensofa finde ich praktisch, da habe ich keinen langen Weg zum Herd und zur Anrichte.

Ein Wohnzimmer mit tollen Marmorkamin und Flügeltüren zum Garten, eine umlaufende Pergola und drei sonnige, große Schafzimmer und Bäder im ersten Stock. Ich denke, falls ich mitkommen sollte, ein Zimmer für mich, eins für meine Mäuse und für meinen Besuch. Das dritte Zimmer können sich die Anderen gerne teilen.

Den Pool, der zum Mas gehört können wir mit benutzen. Ich persönlich halte allerdings nicht allzu viel von Wasser, außer es sind reichlich Fische drinnen. Ansonsten macht Wasser nur nass.

Wir fahren in 3 Tagen. Ich bin mir immer noch nicht hundert prozentig sicher, ob ich das will. Ich gehe noch mal raus, zur Beruhigung ein paar Mäuse zählen.

Tonto, Mäuse sind weg, nehme stattdessen eine Valium!

Kaninchen in Senfsoße
Für 4 Personen

1 Kaninchen, in Portionen zerlegt
ausreichend durchwachsener Speck,
um die Kaninchenteile zu umwickeln
Dijonsenf
Thymianzweige
1 Zwiebel
Knoblauch, gehackt
Salz / Pfeffer aus der Mühle
Lorbeerblätter
Semmelbrösel
Olivenöl
trockener Weißwein

Kaninchen mit Gewürzen, Zwiebel, Knoblauch und den Kräutern mischen und marinieren.

Nach dem Marinieren die Kräuter entfernen.

Das Fleisch mit Senf einreiben. Jedes Stück mit Speck und einem Thymianzweig umwickeln.

Alles in eine große Auflaufform geben und die Semmelbrösel darüber streuen.

Im auf 180 Grad vorgeheizten Ofen ungefähr 45 Minuten garen. Fond mit Wein ablöschen.

Denken Sie daran, den Wein dafür zu öffnen, den Sie auch dazu trinken wollen.

Das Kaninchen sehr heiß mit Bratkartoffeln und grünem Salat oder grünen Bohnen in reichlich viel Knoblauchbutter servieren.

Dazu passt ein Prestige Les Hautes Terres 2015 aus Aix en Provence. Ein würziger aromatischer Wein mit einem Hauch von Erde, Thymian und bitterer Schokolade.

Bitte gut eine Stunde vor dem Servieren öffnen und atmen lassen.

Wirklich sehr zu empfehlen. Machen Sie lieber gleich zwei Flaschen auf. Ach was, drei!

Beim Kaninchen schauen wir mal, wer schneller ist!

Birnenkuchen

Sie brauchen für eine Springform

200 g weiche Butter
200 g Zucker
1 Päckchen Vanillezucker
1 Prise Salz
4 Eier
250 g Mehl
2/3 Päckchen Backpulver
6 schöne, reife Birnen
eine Handvoll gehackte Walnüsse

Zutaten außer Birnen und Walnüssen 7 Minuten lang verrühren. Mehl nach und nach hinzugeben. Laut der Tante der Frau sind diese 7 Minuten das Geheimnis eines absolut lockeren Teiges. Erst zum Schluss das Backpulver hinzugeben.

Den Teig in eine gefettete Springform geben.

Legen Sie die geschälten, halbierten und vom Kerngehäuse befreiten Birnen kreisförmig darauf. Mit gehackten Walnüssen und etwas Zucker bestreuen.

Bei Umluft 150 Grad ca. 60 Minuten backen.

Wer mag, kann die Birnen auch noch mit etwas Birnengeist beträufeln.

Brauche ich allerdings nicht. Ist mir zu stark.

On the road again
oder Provence wir kommen!
Kapitel 25

Also, so ein Mist, es ist so weit. Wir fahren! Heute! Jetzt gleich!

Der Wagen ist vollgepackt bis unters Dach mit den Büchern, Fotoalben, ihrer Kleidung, kleinen Wohnaccessoires, ohne die die Frau nicht leben kann. Hab ich auf den Fotos nicht gesehen, dass das Haus möbliert ist? Wozu muss sie dann noch so überflüssige Dinge wie Vasen, Kerzenleuchter, Bilder, Lampen, viele Kissen und Unmengen von Plaids einpacken? Was erzählt sie uns da? Um den Räumen ihren einzigartigen??? und persönlichen Stempel aufzudrücken!

Was ist mit meinem ganz persönlichen Stempel? Kann ich etwa meine Freunde mitnehmen? Rufus, Zorro, Fritz-Wilhelm? Selbst der mega arrogante Hugo wird mir fehlen. Die Frau hat damit keine Probleme, mir ist nur noch nicht klar, wann sie da unten überhaupt arbeiten will.

Ihr Terminkalender ist jetzt schon voll bis zum Abwinken mit all den Besuchern, die sich für die nächsten Tage, Wochen und Monate angekündigt haben. Ob all ihre Freunde jetzt glauben, die Frau führe ein Hotel?

Wann will die sich noch um uns kümmern? Sie hat nicht mal ausreichendes, ordentliches Luxus Katzenfutter für uns eingepackt. Gerade mal ein paar Dosen für die Fahrt. Und nicht mehr! Den ganzen Wagen hätte sie mal besser damit vollpacken sollen, statt mit ihren unnötigen Krempel. Was ist, wenn es da unten kein Katzenfutter gibt?

Wovon sollen wir dann leben? Oder will sie uns verhungern lassen? Für die Frau ist das da unten ja nicht neu, die kennt das alles bereits. Aber wir sprechen dummerweise noch kein einziges Wort französisch. Was, bitte, heißt zum Beispiel „Miau" in dieser eigenartigen Sprache oder „Wo finde ich denn hier die nächste Maus?" Oder auch absolut lebenswichtig! „Ich habe Hunger!" falls die Frau keine Zeit mehr hat, uns (mich) mehrere Male am Tag zu füttern.

Oder sie mir mal wieder wegen einer Lappalie auf die Schliche gekommen ist und ich im „Futter abseits" und emotionalen Exil bin. Wie soll ich mich dann nur ausdrücken!

Oh! Oh! Ich kann mir nicht helfen, ich sehe nur noch schwarz! Mehr als schwarz.

Wenn ich nur an die Fahrt denke. 10 Stunden in diesem Auto. Gut, sie hat uns freundlicher Weise Fressnäpfe und Wasser hinten auf den Boden im Fußraum gestellt und sogar auch ein Katzenklo, aber diese ganze fürchterliche Fahrt über will sie uns tatsächlich in Transportkörbe stecken. Das ist deprimierend und entwürdigend.

Und es ist Freiheitsberaubung!

Aber sie sagt, sie kenne uns nur zu gut und wenn sie uns nicht einsperrte, hingen wir die ganze Zeit fauchend und schreiend auf der Hutablage herum oder wir versuchten unter das Gaspedal oder die Bremse zu kriechen und das könne sie bei einer so langen Fahrt nun wirklich nicht brauchen.

Nee, iss klar, nach der Abschiedsparty gestern Abend mit dem Champagner und dem Rotwein und dem ganzen Gejammer, Gelaber, Geküsse und Umarmen bräuchte ich auch viel Ruhe. Jetzt hat sie einen fetten Kater und das bin mit Sicherheit nicht ich.

Ich frage mich, ob es Sinn hätte, wenn wir alle vier jetzt schon anfingen, laut zu klagen und zu jammern. Wäre sie eventuell so genervt, dass sie nicht fährt? Dummer Weise kennt sie uns wirklich zu gut. Wie sagt sie so schön, wir hätten die Wahl zwischen freiwillig die Klappe halten oder einem netten kleinen Beruhigungsmittel.

Na prima. Jetzt will sie uns schon auf Drogen setzen. Dazu muss ich sagen, ich bin absolut gegen Drogen!

Außer Valium natürlich. Notfalls geht aber auch Xanax.

Ich hasse das Autofahren. Diese fürchterlichen schaukelnden Bewegungen. Verdammt noch mal, ich bin doch kein Seemann! Und wenn sie dann so rasant in die Kurven geht. Da hat man sich gerade beruhigt und fängt an, in den Schlaf zu sinken, da fahrt sie dann über ein Schlagloch oder fängt an zu fluchen wie ein Bauarbeiter, weil „so ein Idiot" nicht schnell genug die linke Spur der Autobahn für sie frei gemacht hat.

Ich will nicht in den Katzenkorb! Gibt es hier denn niemanden, der mich vor dieser verkaterten Wahnsinnigen beschützt?

Lebt wohl, liebe Freunde, lebe wohl, du mein geliebtes Zuhause. Lebt wohl, all ihr Mäuse, die ich jetzt nicht mehr fangen kann.

Ach, dabei fällt mir gerade ein, neulich hat die Frau uns noch erzählt, in Frankreich gäbe es eine Welt bekannte Rindersorte, die man mit feinstem Heu, Wiesenblumen, aromatischen und äußerst wohlschmeckenden Kräutern füttere, aus diesem Grund seien Charolaisrinder auch so unglaublich aromatisch.

Ob diese merkwürdigen Franzosen ihre Mäuse auch so füttern? Ich glaube, ich sehe endlich ein wenig Licht am Ende des Tunnels. Lebt wohl, all meine deutschen Mäuse!

Ein aus vollem Herzen kommendes Bonjour, ihr aromatischen französischen Mäuse.

Tonto, Jäger und Lebemann!
P.S.: Wann sind wir endlich da?

Ende oder auch Schluss mit Lustig.
Au revoir, hasta la vista, goodbye.
Arrivederci und Tschüß.
Aber wir sehen uns wieder.
Ja, wo wohl?
In der Provence!

Bis zum nächsten Mal,
Euer Tonto!

Ich habe fertig!